AQUI PASAN
COSAS RARAS

P. 41
¿ Erugma, yo

P. 57 - Parada
al suicidio

P. 107
Historia Verdolaga

LUISA VALENZUELA

AQUI PASAN COSAS RARAS

EDICIONES DE LA FLOR

Diseño de tapa: Patricia Jastrzebski

Tercera edición: marzo de 1996

© 1975 *by* Ediciones de la Flor S.R.L.
Gorriti 3695, 1172 Buenos Aires
Queda hecho el depósito que dispone la ley 11.723

Impreso en Argentina
Printed in Argentina

ISBN: 950-515-124-1

Presentación

Volver significa verse una vez más forzada a tratar de entender.

Volví, en aquel '75 aciago, y supe casi de inmediato que el Buenos Aires del momento nada tenía que ver con el que yo había dejado casi tres años antes. De golpe se había roto la legendaria calma de nuestra ciudad. La surcaban las oscuras fuerzas de la violencia, todo auto que pasaba podía ser una amenaza, todo paquete una bomba, los cafés eran sitios de sospecha y delación. Entre lo que la gente relataba y lo que se veía en las calles se iba entretejiendo una red de locura que fue cerrando su malla hasta oprimirnos de tal forma que era difícil reconocer lo que en verdad ocurría.

Fue necesario, ya en ese entonces, espiar a través de la malla: hablar de los peligros. Pero estábamos demasiado azorados por la triple A que amenazaba espejarse al infinito. Supe entonces que la única manera de volver a apropiarse de mi realidad —en el mínimo espacio que nos es concedido— era a través de la escritura. E hice una apuesta con mi hija adolescente: escribiría un libro de cuentos en un mes. (Por eso ahora quiero dedicarle a Anna Lisa esta nueva edición. Por su estímulo, por su descreimiento, por su oreja atenta y sus sugerencias.)

Empecé así un trabajo del meterme en imprevisibles honduras, del ir pescando hilos sutiles que flotaban en el aire como babas del diablo (gracias, Julio). Tenía un cuadernito de tapas duras y espiral, tenía una buena lapicera, y con esa mínima carnada me iba a los cafés a enganchar algo que desencadenase un cuento, tratando de desenredar un poco la madeja. Así nació *Aquí Pasan Cosas Raras*, llevándome de sorpresa en sorpresa.

Con una frase por lo general escuchada al azar empezaba un

5

texto que con suerte podía cobrar existencia metafórica, y el proceso de escribir —como muchas veces ocurre— iba abriendo puertas al descubrimiento. Otros descubrimientos fueron más tardíos: noté que, contagiada de la muy lógica paranoia ambiente, escribía en los cafés con muy mala letra para no correr el riesgo de que leyendo por encima de mi hombro alguien descubriera el material y me llevara por subversiva. Y después de publicados entendí que estos cuentos, esencialmente realistas, usan las máscaras del humor negro, el grotesco o el hiperrealismo para eludir las censuras que en casos como el que sufríamos entonces los argentinos puede llegar a ser tan triple como la A desencadenadora del terror. Afloran entonces las vallas de la propia censura interna, de la censura totalmente imprevisible de algún censor oficialista u oficioso, y hasta la censura del lector que en momentos difíciles prefiere conservar el sueño conservando la ignorancia de lo que ocurre a su lado (sueño frágil, por cierto, promotor de pesadillas).

Sin atisbo de censura y con su proverbial valentía, Kuki y Daniel Divinsky publicaron este libro a comienzos de la dictadura militar. Lo anunciaron simplemente como "el primer libro sobre la época de López Rega" sabiendo muy bien que nada había cambiado, que por lo contrario todo se había vuelto más subterráneo, solapado y aterrador porque íbamos cayendo en el tobogán del silenciamiento.

"Yo no supe lo que estaba pasando" es una frase que no se oiría tanto de haber habido más editores como ellos. Y más lectores dispuestos a reconocer por lo menos unas cuantas *cosas raras*.

L.V. Bs. As. Mayo 1991

Aquí pasan cosas raras

En el café de la esquina —todo café que se precie está en esquina, todo sitio de encuentro es un cruce entre dos vías (dos vidas)— Mario y Pedro piden sendos cortados y les ponen mucha azúcar porque el azúcar es gratis y alimenta. Mario y Pedro están sin un mango desde hace rato y no es que se quejen demasiado pero bueno, ya es hora de tener un poco de suerte, y de golpe ven el portafolios abandonado y tan sólo mirándose se dicen que quizá el momento haya llegado. Propio ahí, muchachos, en el café de la esquina, uno de tantos.

Está solito el portafolios sobre la silla arrimada a la mesa y nadie viene a buscarlo.

Entran y salen los chochamus del barrio, comentan cosas que Mario y Pedro no escuchan: Cada vez hay más y tienen tonadita, vienen de tierra adentro... me pregunto qué hacen, para qué han venido. Mario y Pedro se preguntan en cambio si alguien va a sentarse a la mesa del fondo, va a descorrer esa silla y encontrar ese portafolios que ya casi aman, casi acarician y huelen y lamen y besan. Uno por fin llega y se sienta, solitario (y pensar que el portafolios estará repleto de billetes y el otro lo va a ligar al módico precio de un batido de Gancia que es lo que finalmente pide después de dudar un rato). Le traen el batido con buena tanda de ingredientes. ¿Al llevarse a la boca qué aceituna, qué pedacito de queso va a notar el portafolios esperándolo sobre la silla al lado de la suya? Pedro y Mario no quieren ni pensarlo y no piensan en otra cosa... Al fin y al cabo el tipo tiene tanto o tan poco derecho al portafolios como ellos, al fin y al cabo es sólo cuestión de azar, una mesa mejor elegida y listo. El tipo sorbe su bebida con desgano, traga uno que otro ingrediente; ellos ni pueden pedir otro café porque están en la mala como puede ocurrirle a usted o a mí, más quizá a mí que a usted, pero eso no viene a cuento ahora que Pedro y Mario viven supeditados a un tipo que se saca pedacitos de salame de entre los dientes con la uña mientras termina de tomar su trago y no ve nada, no oye los comentarios de la muchachada: Se los ve en las esquinas. Hasta Elba el otro día me lo comentaba, fijate, ella que es tan chicata; ni qué ciencia ficción, aterrizados de otro planeta aunque parecen tipos del interior pero tan peinaditos, atildaditos te digo y yo a uno le pedí la hora pero minga, claro, no tienen reloj, para qué van a querer reloj, me podés decir, si viven en un tiempo que no es el de nosotros. No. Yo también los vi, salen de debajo de los adoquines en esas calles donde todavía quedan y vaya uno a saber qué buscan aunque sabemos que dejan agujeros en las calles, esos baches enormes por donde salieron y que no se pueden cerrar más.

Ni el tipo del batido de Gancia los escucha ni los escuchan Mario y Pedro, pendientes de un portafolios olvidado sobre una silla que seguro contiene algo de valor, porque si no no hubiera sido olvidado así para ellos, tan sólo para ellos, si el tipo del batido no. El tipo del batido de Gancia, copa terminada, dientes escarbados, platitos casi sin tocar, se levanta de la mesa, paga de pie, mozo retira todo mete propina en bolsa pasa el trapo húmedo sobre mesa y se aleja y listo, ha llegado el momento porque el café está animado en la otra punta y aquí vacío y Mario y Pedro saben que si no es ahora es nunca.

Portafolios bajo el brazo, Mario sale primero y por eso mismo es el primero en ver el saco de hombre abandonado sobre un coche, contra la vereda. Contra la vereda el coche, y por ende el saco abandonado sobre el techo del mismo.

Un saco espléndido de estupenda calidad. También Pedro lo ve, a Pedro le tiemblan las piernas por demasiada coincidencia, con lo bien que a él le vendría un saco nuevo y además con los bolsillos llenos de guita. Mario no se anima a agarrarlo. Pedro sí aunque con cierto remordimiento que crece, casi estalla al ver acercarse a dos canas que vienen hacia ellos con intenciones de.

—Encontramos este coche sobre un saco. Este saco sobre un coche. No sabemos qué hacer con él. El saco, digo.

—Entonces déjelo donde lo encontró. No nos moleste con menudencias, estamos para cosas más importantes.

Cosas más trascendentes. Persecución del hombre por el hombre si me está permitido el eufemismo. Gracias a lo cual el célebre saco queda en las manos azoradas de Pedro que lo ha tomado con tanto cariño. Cuánta falta le hacía un saco como éste, sport y seguro bien forradito, ya dijimos, forrado de guita no de seda qué importa la seda. Con el botín bien sujeto enfilan a pie hacia su casa. No se deciden a sacar uno de esos billetes crocantitos que Mario creyó vislumbrar al abrir apenas el portafolios, plata para tomar un taxi o un mísero colectivo.

Por las calles prestan atención por si las cosas raras que están pasando, esas que oyeron de refilón en el café, tienen algo que ver con los hallazgos. Los extraños personajes o no aparecen por esas zonas o han sido reemplazados: dos vigilantes por esquina son muchos vigilantes porque hay muchas esquinas. Esta no es una tarde gris como cualquiera y pensándolo bien quizá tampoco sea una tarde de suerte como parece. Son las caras sin expresión de un día de semana, tan distintas de las caras sin expresión de los domingos. Pedro y Mario ahora tienen color, tienen máscara y se sienten existir porque en su camino florecieron un portafolios (fea palabra) y un saco sport. (Un saco no tan nuevo como parecía más bien algo raído y con los bordes gastados pero digno. Eso es: un saco digno). Como tarde no es una tarde fácil, ésta. Algo se desplaza en el aire con el aullido de las sirenas y ellos empiezan a sentirse señalados. Ven policías por todos los rincones, policías en los vestíbulos sombríos, de a pares en todas las esquinas cubriendo el área ciudadana, policías trepidantes en sus motocicletas circulando a contramano como si la marcha del país dependiera de ellos y quizá dependa, sí, por eso están las cosas como están y Mario no se arriesga a decirlo en voz alta porque el portafolios lo tiene trabado, ni que ocultara un micrófono, pero qué paranoia, si nadie lo obliga a cargarlo. Podría deshacerse de él en cualquier rincón oscuro y no, ¿cómo largar la fortuna que ha llegado sin pedirla a manos de uno, aunque la fortuna tenga carga de dinamita? Toma el portafolios con más naturalidad, con más cariño, no como si estuviera a punto de estallar. En ese mismo momento Pedro decide ponerse el saco que le queda un poco grande pero no ridículo ni nada de eso. Holgado, sí, pero no ridículo; cómodo, abrigado, cariñoso, gastadito en los bordes, sobado. Pedro mete las manos en los bolsillos del saco (*sus* bolsillos) y encuentra unos cuantos boletos de colectivo, un pañuelo usado, unos billetes y monedas. No le puede decir nada a Mario y se da vuelta de golpe para ver si los han estado siguiendo. Quizá hayan caído en algún tipo de trampa indefinible, y Mario debe de estar sintiendo algo parecido porque tampoco dice palabra. Chifla entre dientes con cara de tipo que toda su vida ha estado cargando un ridículo portafolios negro como ése. La situación no tiene aire tan brillante como en un principio. Parece que nadie los ha seguido, pero vaya uno a saber: gente viene tras ellos y quizá alguno dejó el portafolios y el saco con oscuros designios. Mario se decide por fin y le dice a Pedro en un murmullo: No entremos a casa, sigamos como si nada, quiero ver si nos siguen. Pedro está de acuerdo. Mario rememora con nostalgia los tiempos (una hora atrás) cuando podían hablarse en voz alta y hasta reír. El portafolios se le está haciendo demasiado pesado y de nuevo tiene la tentación de abandonarlo a su suerte. ¿Abandonarlo sin antes haber revisado el contenido? Cobardía pura.

Siguen caminando sin rumbo fijo para despistar a algún posible aunque improbable perseguidor. No son ya Pedro y Mario los que caminan, son un saco y un portafolios convertidos en personajes. Avanzan y por fin el saco decide: Entremos en un bar a tomar algo, me muero de sed.

—¿Con todo esto? ¿Sin siquiera saber de qué se trata?

—Y, sí. Tengo unos pesos en el bolsillo.

Saca la mano azorada con dos billetes. Mil y mil de los viejos, no se anima a volver a hurgar, pero cree —huele— que hay más. Buena falta les hacen unos sandwiches, pueden pedirlos en ese café que parece tranquilo.

Un tipo dice y la otra se llama los sábados no hay pan; cualquier cosa, me pregunto cuál es el lavado de cerebro... En épocas turbulentas no hay como parar la oreja aunque lo malo de los cafés es el ruido de voces que tapa las voces. Lo bueno de los cafés son los tostados mixtos.

Escuchá bien, vos que sos inteligente.

Ellos se dejan distraer por un ratito, también se preguntan cuál será el lavado de cerebro, y si el que fue llamado inteligente se lo cree. Creer por creer, los hay dispuestos hasta a creerse lo de los sábados sin pan, como si alguien pudiera ignorar que los sábados se necesita pan para fabricar las hostias del domingo y el domingo se necesita vino para poder atravesar el páramo feroz de los días hábiles.

Cuando se anda por el mundo —los cafés— con las antenas aguzadas se pescan todo tipo de confesiones y se hacen los razonamientos más abstrusos (absurdos), absolutamente necesarios por necesidad de alerta y por culpa de esos dos elementos tan ajenos a ellos que los poseen a ellos, los envuelven sobre todo ahora que esos muchachos entran jadeantes al café y se sientan a una mesa con cara de aquí no ha pasado nada y sacan carpetas, abren libros pero ya es tarde: traen a la policía pegada a sus talones y, como se sabe, los libros no engañan a los sagaces guardianes de la ley, más bien los estimulan. Han llegado tras los estudiantes para poner orden y lo ponen, a empujones: documentos, vamos, vamos, derechito al celular que espera afuera con la boca abierta. Pedro y Mario no saben cómo salir de allí, cómo abrirse paso entre la masa humana que va abandonando el café a su tranquilidad inicial, convaleciente ahora. Al salir, uno de los muchachos deja caer un paquetito a los pies de Mario que, en un gesto irreflexivo, atrae el paquete con el pie y lo oculta tras el célebre portafolios apoyado contra la silla. De golpe se asusta: cree haber entrado en la locura apropiatoria de todo lo que cae a su alcance. Después se asusta más aún: sabe que lo ha hecho para proteger al pibe pero, ¿y si a la cana se le diera por registrarlo a él? Le encontrarían un portafolios que vaya uno a saber qué tiene adentro, un paquete inexplicable (de golpe le da risa, alucina que el paquete es una bomba y ve su pierna volando por los aires simpáticamente acompañada por el portafolios, ya despanzurrado y escupiendo billetes de los gordos, falsos). Todo esto en el brevísimo instante de disimular el paquetito y después nada. Más vale dejar la mente en blanco, guarda con los canas telépatas y esas cosas. ¿Y qué se estaba diciendo hace mil años cuando reinaba la calma?: un lavado de cerebro; necesario sería un autolavado de cerebro para no delatar lo que hay dentro de esa cabecita loca —la procesión va por dentro, muchachos—. Los muchachos se alejan, llevados un poquito a las patadas por los azules, el paquete queda allí a los pies de estos dos señores dignos, señores de saco y portafolios (uno de cada para cada). Dignos señores ahora muy solos en el calmo café, señores a los que ni un tostado mixto podrá ya consolar.

Se ponen de pie. Mario sabe que si deja el paquetito el mozo lo va a llamar y todo puede ser descubierto. Se lo lleva, sumándolo así al botín del día pero por poco rato; lo abandona en una calle solitaria dentro de un tacho de basura como quien no quiere la cosa y temblando. Pedro a su lado no entiende nada pero por suerte no logra reunir las fuerzas para preguntar.

En épocas de claridad pueden hacerse todo tipo de preguntas, pero en momentos como éste el solo hecho de seguir vivo ya condensa todo lo preguntable y lo desvirtúa. Sólo se puede caminar, con uno que otro alto en el camino, eso sí, para ver por ejemplo por qué llora este hombre. Y el hombre llora de manera tan mansa, tan incontrolable, que es casi sacrílego no detenerse a su lado y hasta preocuparse. Es la hora de cierre de las tiendas y las vendedoras que enfilan a sus casas quieren saber de qué se trata: el instinto maternal siempre está al acecho en ellas, y el hombre llora sin consuelo. Por fin logra articular: Ya no puedo más, y el corrillo de gente que se ha formado a su alrededor pone cara de entender pero no entiende. Cuando sacude el diario y grita no puedo más, algunos creen que ha leído las noticias y el peso del mundo le resulta excesivo. Ya están por irse y dejarlo abandonado a su flojera. Por fin entre hipos logra explicar que busca trabajo desde hace meses y ya no le queda un peso para el colectivo ni un gramo de fuerza para seguir buscando.

—Trabajo, le dice Pedro a Mario. Vamos, no tenemos nada que hacer acá.

—Al menos, no tenemos nada que ofrecerle. Ojalá tuviéramos.

Trabajo, trabajo, corean los otros y se conmueven porque esa sí es palabra inteligible y no las lágrimas. Las lágrimas del hombre siguen horadando el asfalto y vaya uno a saber qué encuentran pero nadie se lo pregunta aunque quizá él sí, quizá él se esté diciendo mis lágrimas están perforando la tierra y el llanto puede descubrir petróleo. Si me muero acá mismo quizá pueda colarme por los agujeritos que hacen las lágrimas en el asfato y al cabo de mil años convertirme en petróleo para que otro como yo, en estas mismas circunstancias... Una idea bonita pero el corrillo no lo deja sumirse en sus pensamientos que de alguna manera —intuye— son pensamientos de muerte (el corrillo se espanta: pensar en muerte así en plena calle, qué atentado contra la paz del ciudadano medio a quien sólo le llega la muerte por los diarios). Falta de trabajo sí, todos entienden la falta de trabajo y están dispuestos a ayudarlo. Es mejor que la muerte. Y las buenas vendedoras de las casas de artefactos electrodomésticos abren sus carteras y sacan algunos billetes por demás estrujados, de inmediato se organiza la colecta, las más decididas toman el dinero de los otros y los instan a aflojar más. Mario está tentado de abrir el portafolios: ¿qué tesoros habrá ahí dentro para compartir con ese tipo? Pedro piensa que debería haber recuperado el paquete que Mario abandonó en un tacho de basura. Quizá eran herramientas de trabajo, pintura en aerosol, o el perfecto equipito para armar una bomba, cualquier cosa para darle a este tipo y que la inactividad no lo liquide.

Las chicas están ahora pujando para que el tipo acepte el dinero juntado. El tipo chilla y chilla que no quiere limosnas. Alguna le explica que sólo se trata de una contribución espontánea para sacar del paso a su familia mientras él sigue buscando trabajo con más ánimo y el estómago lleno. El cocodrilo llora ahora de emoción. Las vendedoras se sienten buenas, redimidas, y Pedro y Mario deciden que éste es un tipo de suerte.

Quizá junto a este tipo Mario se decida a abrir el portafolios y Pedro pueda revisar a fondo el secreto contenido de los bolsillos del saco.

Entonces, cuando el tipo queda solo, lo toman del brazo y lo invitan a comer con ellos. El tipo al principio se resiste, tiene miedo de estos dos: pueden querer sacarle la guita que acaba de recibir. Ya no sabe si es cierto o si es mentira que no encuentra trabajo o si ése es su trabajo, simular la desesperación para que la gente de los barrios se conmue-

va. Reflexiona rápidamente: Si es cierto que soy un desesperado y todos fueron tan buenos conmigo no hay motivo
para que estos dos no lo sean. Si he simulado la desesperación quiere decir que mal actor no soy y voy a poder
sacarles algo a estos dos también. Decide que tienen una
mirada extraña pero parecen honestos, y juntos se van a un
boliche para darse el lujo de unos buenos chorizos y bastante vino.

Tres, piensa alguno de ellos, es un número de suerte.
Vamos a ver si de acá sale algo bueno.

¿Por qué se les ha hecho tan tarde contándose sus vidas
que quizá sean ciertas? Los tres se descubren una idéntica
necesidad de poner orden y relatan minuciosamente
desde que eran chicos hasta estos días aciagos en que
tantas cosas raras están pasando. El boliche queda cerca
del Once y ellos por momentos sueñan con irse o con
descarrilar un tren o algo con tal de aflojar la tensión que
los infla por dentro. Ya es la hora de las imaginaciones y
ninguno de los tres quiere pedir la cuenta. Ni Pedro ni
Mario han hablado de sus sorpresivos hallazgos. Y el tipo
ni sueña con pagarles la comida a estos dos vagos que para
colmo lo han invitado.

La tensión se vuelve insoportable y hay que decidirse.
Han pasado horas. Alrededor de ellos los mozos van
apilando las sillas sobre las mesas, como un andamiaje que
poco a poco se va cerrando, amenaza con engullirlos,
porque los mozos en un insensible ardor de construcción
siguen apilando sillas sobre sillas, mesas sobre mesas y
sillas y más sillas. Van a quedar aprisionados en una red
de patas de madera, tumba de sillas y una que otra mesa.
Buen final para estos tres cobardes que no se animaron a
pedir la cuenta. Aquí yacen: pagaron con sus vidas siete
sándwiches de chorizo y dos jarras de vino de la casa. Fue
un precio equitativo.

Pedro por fin —el arrojado Pedro— pide la cuenta y

reza para que la plata de los bolsillos exteriores alcance. Los bolsillos internos son un mundo inescrutable aun allí, escudado por las sillas; los bolsillos internos conforman un laberinto demasiado intrincado para él. Tendría que recorrer vidas ajenas al meterse en los bolsillos interiores del saco, meterse en lo que no le pertenece, perderse de sí mismo entrando a paso firme en la locura.

La plata alcanza. Y los tres salen del restaurant aliviados y amigos. Como quien se olvida, Mario ha dejado el portafolios —demasiado pesado, ya— entre la intrincada construcción de sillas y mesas encimadas, seguro de que no lo van a encontrar hasta el día siguiente. A las pocas cuadras se despiden del tipo y siguen camino al departamento que comparten. Cuando están por llegar, Pedro se da cuenta de que Mario ya no tiene el portafolios. Entonces se quita el saco, lo estira con cariño y lo deja sobre un auto estacionado, su lugar de origen. Por fin abren la puerta del departamento sin miedo, y se acuestan sin miedo, sin plata y sin ilusiones. Duermen profundamente, hasta el punto que Mario, en un sobresalto, no logra saber si el estruendo que lo acaba de despertar ha sido real o soñado.

Los mejor calzados.

Invasión de mendigos pero queda un consuelo: a ninguno le faltan zapatos, zapatos sobran. Eso sí, en ciertas oportunidades hay que quitárselo a alguna pierna descuartizada que se encuentra entre los matorrales y sólo sirve para calzar a un rengo. Pero esto no ocurre a menudo, en general se encuentra el cadáver completito con los dos zapatos intactos. En cambio las ropas sí están inutilizadas. Suelen presentar orificios de bala y manchas de sangre, o han sido desgarradas a latigazos, o la picana eléctrica les ha dejado unas quemaduras muy feas y difíciles de ocultar. Por eso no contamos con la ropa, pero los zapatos vienen chiche. Y en general se trata de buenos zapatos que han sufrido poco uso porque a sus propietarios no se les deja llegar demasiado lejos en la vida. Apenas asoman la cabeza, apenas piensan (y el pensar no deteriora los zapatos) ya está todo cantado y les basta con dar unos pocos pasos para que ellos les tronchen la carrera.

Es decir que zapatos encontramos, y como no siempre son del número que se necesita, hemos instalado en un baldío del Bajo un puestito de canje. Cobramos muy contados pesos por el servicio: a un mendigo no se le puede pedir mucho pero sí que contribuya a pagar la yerba mate y algún bizcochito de grasa. Sólo ganamos dinero de verdad cuando por fin se logra alguna venta. A veces los familiares de los muertos, enterados vaya uno a saber cómo de nuestra existencia, se llegan hasta nosotros para rogarnos que les vendamos los zapatos del finado si

17

es que los tenemos. Los zapatos son lo único que pueden enterrar, los pobres, porque claro, jamás les permitirán llevarse el cuerpo.

Es realmente lamentable que un buen par de zapatos salga de circulación, pero de algo tenemos que vivir también nosotros y además no podemos negarnos a una obra de bien. El nuestro es un verdadero apostolado y así lo entiende la policía que nunca nos molesta mientras merodeamos por baldíos, zanjones, descampados, bosquecitos y demás rincones donde se puede ocultar algún cadáver. Bien sabe la policía que es gracias a nosotros que esta ciudad puede jactarse de ser la de los mendigos mejor calzados del mundo.

Camino al ministerio

Hay un cierto terror al decir presente y descubrir de golpe que uno está ausente o alienado. No resulta nada fácil avanzar por esta realidad tan erizada de clavos: al apoyar un pie después del otro, con suma cautela, de inmediato hay que alzarlo y entonces se anda a salto de mata y ya no se está presente aquí y ahora, a menos de ser faquir, y uno no.

El, en cambio, sí. Se ha estado adiestrando durante años para decir presente y asentar su pie con fuerza como ratificando la palabra. Cada vez hay más clavos agudísimos en las calles y eso lo alegra: va a poder de verdad dejar a todos con la boca abierta y aprovechar el estupor para conseguir un cargo público. Sus años de endurecimiento plantar también le han servido para hacer un minucioso estudio de las costumbres oficiales y ahora sabe que es en momentos de máximo asombro cuando se producen las vacantes y por ende la necesidad de cubrir los puestos con gente nueva (él no está quemado, si se toma la palabra en su acepción metafórica y no al pie de la letra, al pie de sus pies que ya han pasado la prueba de fuego y tantas otras). Lo tiene todo muy bien dispuesto: va a salir de su casa pisando fuerte y se va a dirigir con naturalidad casi marcial hasta la Plaza donde el tapiz de clavos es más denso e hirsuto. Allí le bastará con esperar —siempre de pie sobre los clavos— que un granadero de gruesísimas botas se acerque a él y le pregunte el cargo (allí se quedará reflexionando sobre los clavos: quizás hayan sido puestos para justificar las botas que de otra manera caerían en desuso con la nueva técnica de patadas eléctricas). Deberá elegir la hora de mayor concurrencia, quizá las dos de la tarde o a la salida de los bancos, para que el asombro al verlo pasar tan decidido sea realmente eficaz y apoteótico. Duda entre salir descalzo —cosa demasiado llamativa y hasta vulgar— o calzarse con finos mocasines de suela inexistente como los mocasines de los pieles rojas. Opta por este último sistema y mientras espera que le traigan dos o tres pares (debe prever el desgaste en caso de tener que repetir la hazaña) continúa con los ejercicios diarios para curtirse la planta de los pies: media hora de papel de lija número tres, un poco de soplete, caminatas sobre clavos miguelitos dispersos por la casa. Durante la caminata ya no siente dolor pero su andar a los tumbos no tiene todavía la gracia necesaria para que lo nombren ministro, ni siquiera secretario. Sigue haciendo intentos cada vez más fructuosos y con el éxito tan cerca no lamenta los largos años de sacrificio requeridos para llegar a este punto. Su vocación política siempre fue profunda, no iba a postergarla por el simple deseo, verbigracia, de retener a su señora esposa. Graciela lo abandonó al tercer mes de adiestramiento: Eras insoportable cuando arreglabas el país por vía oral en el comité con tus correligionarios, alegó, pero mil veces más insoportable sos ahora, todo el día en casa sobándote las patas. Odio la política masoquista. Abur.

El se limitó a sonreírle con cierta oculta sorna y así creyó dejar a salvo su amor propio aunque perdiera su amor. Ya te vas a arrepentir cuando sea ministro y vas a volver reptando hasta estos mismos pies que ahora despreciás, pero va a ser tarde, le contestó aunque tarde fue para esa frase porque ella ya había pegado un portazo y partido hacia quién sabe qué destino ignoto. Al principio él lamentó mucho la ausencia de su mujer, pero los años de aprendizaje y vida monacal lo fueron apartando de toda aspiración terrena. El deseo de poder fue el más ardiente de todos los deseos y por eso ahora lo encontramos lleno de paz interior, entregado a los últimos preparativos mientras aguarda los mocasines que le abrirán el camino. El deseo de poder se ha vuelto en él casi abrasador. Los vecinos se preguntan de qué provendrá ese olor a quemado que sale de la casa del solitario tan tranquilo, casi un santo. Al principio el olor es tenue como de asadito mientras él se quema con cuidado las plantas de los pies con un soplete para crear costras protectoras. Poco a poco el olor va creciendo hasta tornarse casi irrespirable porque a los pies quemados se agrega el ardor achicharrante de sus descontroladas ansias. Los vecinos no quieren renunciar a su estima por él: un hombre tan frugal y recatado, con decirles que desde que se fue la mujer de esa casa no sale ni una risa ni un poco de música o esas cosas raras que siempre molestan a los otros. Esa casa es el ejemplo de la cuadra aunque ni de lejos sea la mejor pintada ni la más elegante.

Parece mentira, pero todo se sabe en este mundo y la noticia de la gran marcha que él prepara —pisando fuerte sobre los clavos— ha llegado a oídos de los vecinos y ya están muy ansiosos de que sea la hora. Ansiedad que se convierte en angustia por culpa del olor. Empiezan a temer que él haya renunciado a su vocación ministerial para entregarse en cuerpo y alma a la vocación mística. Y pensar que ellos pacientemente habían estado esperando que él accediera al cargo para solicitarle un puestito en algún organismo oficial, o una cuña para el hijo que está en la Aduana, o alguna pensioncita sin demasiadas pretensiones. A la espera de un espaldarazo los vecinos se ocuparon desinteresadamente de él durante todos estos años, dejándole siempre una olla con comida en la puerta de su casa, los spaghettis que sobraban del almuerzo, alguna fruta, un bocado especial los domingos o fiestas de guardar, mate cocido. Así a diario para que no los olvide cuando llegue el momento y para mantenerlo sano para que el momento llegue.

Y ahora él ha pegado este desvío hacia la santidad y ellos (los vecinos) se sienten estafados. El ya casi ni prueba la comida pero en compensación ellos se inclinan a llevarle alimentos cada vez menos frescos y ya no se preocupan por el valor calórico (si no va a ser ministro no precisa estar bien alimentado ni siquiera tener buena presencia y por eso ya no le dejan más jabones o cremas de afeitar y desodorantes caros). El ni se da cuenta de estas desatenciones como tampoco se dio cuenta antes de las atenciones: las tomaba con toda naturalidad como lógico tributo a su constancia y a su profunda vocación política que lo convertía en un héroe y en un mártir.

(Los vecinos reclaman al héroe y él está inclinándose hacia el martirologio). ¡Ay, ay, ay qué será de nosotros si después de tantos preparativos este hombre no se lanza por las calles desdeñando los clavos causando el estupor general y accediendo a un ministerio! El tiene ahora todas las posibilidades de triunfo entre las manos (comentan ellos durante las cada vez menos frecuentes reuniones vecinales) y es capaz de caer en la tentación de tirarlo todo por la borda y elegir otro camino. Nuestros informantes dicen que sigue preparándose para la Marcha del Asombro hasta la Plaza, pero, ¿qué si hubiera decidido otra estrategia? Quizá en las piezas del fondo de la casa donde no llegan nuestras cámaras ocultas ni nuestros micrófonos él se esté preparando para acciones muy distintas. Este olor a quemado que cada vez sale con mayor intensidad de su casa da mucho que pensar. Casi están ya seguros de que él ha renunciado a su propósito ministerial para embarcarse en la inútil búsqueda de tipo espiritual. Al fin y al cabo, un hombre capaz de pasarse varios años preparándose para hacer de faquir bien podría interesarse por algo más seguro y duradero que un cargo oficial por importante que éste fuese. La salvación eterna, por ejemplo.

—¿Y por qué no puede interesarnos también a nosotros? —pregunta en la siguiente reunión el vecino más ducho en inversiones a largo plazo.

Y por qué no, corearon los demás convencidos de que alguna recompensa deberían obtener después de tanto preocuparse por él a lo largo de años.

Es así como, mientras él espera sus mocasines (un mes a lo sumo, le dijeron), empieza a encontrar ante su puerta cantidad de velas y de flores blancas en lugar de las consabidas vituallas. Piensa más en un cambio de dieta que en un paso del mundo material al espiritual. Las velas, repugnantes hasta en guiso y para colmo indigestas, se van apilando en un rincón de la cocina, pero las flores son pasables en ensalada. A los pocos días el hambre le hace chillar las tripas pero no aplaca el ardor de las ansias de poder. Se ilusiona una mañana cuando encuentra una enorme parrilla frente a su puerta porque no sabe que los vecinos han pensado en San Lorenzo por culpa del olor a quemado. Muere con una imagen fija en la retina: la del costillar y las achuras que le permitirán estrenar la parrilla. Durante más de una semana los vecinos siguen dejando flores y velas junto a su puerta porque piensan que ese nuevo olor que sale de la casa es el tan mentado olor a santidad. Ellos sí que se sienten ahora bien recompensados.

Sursum corda

Hoy en día ya no se puede hacer nada bajo cuerda: las cuerdas vienen muy finas y hay quienes se enteran de todo lo que está ocurriendo. Cuerdas eran las de antes que venían tupidas y no las de ahora, cuerdas flojas. Y así estamos, ¿vio? Bailando en la cuerda floja y digo vio no por caer en un vicio verbal caro a mis compatriotas sino porque seguramente usted lo debe de haber visto si bien no lo ha notado. Todos bailamos en la cuerda floja y se lo siente en las calles aunque uno a veces crea que es culpa de los baches. Y ese ligero mareo que suele aquejarnos y que atribuimos al exceso de vino en las comidas, no: la cuerda floja. Y el brusco desviarse de los automovilistas o el barquinazo del colectivero, provocados por lo mismo pero como uno se acostumbra a todo también esto nos parece natural ahora. Sobre la cuerda floja sin poder hacer nada bajo cuerda. Alegrémonos mientras las cosas no se pongan más espesas y nos encontremos todos con la soga al cuello.

El don de la palabra

Arriba

Suelo regodearme en el tremendo placer de decir a todo que no. Decir que sí es fácil, nos hace simpáticos, se pueden cosechar unas cuantas sonrisas y después adelante a hacer lo que se quiere. En cambio decir que no nos da una omnipotencia desafiante encaramable tan sólo en los balcones más altos desde donde nuestro no ni alcanza a los que se encuentran a nivel de la plaza. Para eso he mandado a abrir socavones en la plaza, para enseñarles humildad a los que vienen a escucharme. Así la cosa está mejor distribuida: abajísimo el pueblo, abajo la tierra, sobre la tierra algunas palmeras y otras hierbas y yo sobre todo eso diciendo no en cuantas ocasiones se me presentan y suelen ser muchas a lo largo del día. Ellos me aclaman desde los socavones, yo les imparto mi atildada bendición desde arriba y a veces una paloma la transporta y la deja caer algo grotescamente sobre la cabeza de uno de los del pueblo —uno del público—. Esto sí es importante de ser tenido en cuenta: mi pueblo es mi público, y debe enfrentar el monumental despliegue de nuestras intenciones (atenciones a veces) y con suerte recibir en determinadas oportunidades nuestro don en forma de una caca de paloma.

Ellos son los señalados. Nosotros nos limitamos a hablar, a esbozar desde el balcón un gesto de eucaristía y las palomas se encargan de designar a los contados elegidos de

27

la jornada. Los que reciben la cagada en la cabeza (eso sí que trae suerte) son ungidos ministros, los que pueden ostentar una caca de paloma en la solapa pasan a ser los guardianes del orden (por la orden del mérito) y tienen carta blanca para aporrear a quienes les resulten sospechosos, antipáticos o tristes. Pero hay que tener en cuenta que éste no es un oficio sin riesgos: basta que una paloma deposite su óbolo consagratorio sobre el aporreado para que los roles se inviertan y el antiguo guardián del orden pase a ser la víctima.

Desde mi balcón me divierto bastante con estos espectáculos, por eso mandé cavar los túneles sin techo que surcan la plaza de este a oeste. Allí están todos bien encasillados sin desarmar la lúcida disposición de los canteros y cuando se pelean no levantan una excesiva polvareda. Linda gente, me digo, decidida a defender hasta lo último sus intereses como yo lo he dispuesto, se han ganado la instalación de letrinas dentro de los socavones para ser usadas cuando mis discursos duran más de ocho horas.

A veces analizo con mi primer ministro si discursos tan largos no llegarán a ser contraproducentes. Es cierto que de esta manera la gente se distrae, y piensa menos, o no piensa nada, pero también es cierto que así la gente no trabaja y esto me tiene bastante preocupado. El país se ha detenido, hay que reconocerlo, y aunque mi primer ministro diga que es sólo un compás de espera, la pausa necesaria para tomar aliento, a veces tengo mis dudas. Pero cuando los muchachos de la plaza me gritan Adelante, adelante, te amamos de amor radiante, entonces pienso que sí, que debo seguir manteniéndolos al calor de mis palabras.

Ya he hecho grandes aunque disimuladas refacciones en el balcón: me han instalado un asiento mullido pero muy alto y visto desde abajo siempre aparezco de pie, y un ocultísimo orinal dispone de mis más impostergables urgencias. Mi primer ministro (a quien de ahora en adelante llamaremos Pancho) propuso que el orinal descargara sobre la plaza pero yo me opuse. Su teoría de que el pueblo recibe todo lo que viene de mí con verdadera unción puede ser cierta pero por ahora prefiero avanzar con cautela. Soy así de discreto.

Durante los discursos más largos mi principal enemigo es el sueño y a veces me quedo dormido en medio de una frase. Los de abajo esperan anhelantes y me aclaman, y yo sin enterarme de sus gritos. Al despertar digo a modo de consuelo:

El arroyo de mis palabras nunca se ha de secar, es manantial inagotable con el que alimento a mi pueblo y lo seguiré alimentando hasta la última gota de mi vida que es de ustedes. Cual cormorán que se desgarra el buche para dar de comer a su cría, así he de brindar en holocausto hasta el último aliento de mi garganta desgarrada para beneficio de mi pueblo que es mi cría.

Conmueve comprobar cómo, después de frases de este tipo, en los socavones bulle un entusiasmo de hormiguero cloqueante. Por eso mismo descarté la propuesta de los toldos plásticos transparentes ahora que se aproxima la época de lluvias. Pancho dice que es una buena idea pero sospecho que en este caso Pancho se trae un negociado bajo el poncho. Porque si bien es cierto que los parlantes pueden ser instalados dentro de los mismos socavones, y que yo a mi vez podría ver a la gente dada la transparencia de los toldos, me sería imposible oír sus aclamaciones y son sus gritos de aliento los que me impulsan a seguir adelante en mi gestión y lo único capaz de inflamar mi verba. Así que nada de toldos, quiero el contacto directo, el mano a mano con mi pueblo.

Me informan que abajo ya se han organizado a la perfección: han instalado cocinas de campaña, puestos de primeros auxilios y otras dependencias necesarias. También me informan que ciertas parejas descaradas se acoplan mientras estoy hablando, pero no quiero creerlo. Aunque la ola de partos que los movilizó días atrás, en momentos en que yo abordaba los problemas de la superpoblación y de la contaminación ambiental, no puede menos que dejarme pensando. Mañana les haré un verdadero sermón sobre la Ley divina y la castidad. Si no me escuchan a mí al menos que le teman al Otro.

Abajo

Los del pueblo pasan por momentos de temor, es verdad, sobre todo ahora que está por llegar la época de lluvias y el gobierno no ha dispuesto nada para proteger los socavones. Los más creyentes se trasladan con grandes penurias hasta el tercer socavón contando del norte donde un cura ha improvisado un altar e imparte la bendición mediando una módica limosna para la Virgencita. A estos no se les escapa nada, opinan los ateos que se quedan piolas en su lugar con la esperanza de que a último momento se le ocurra al gobierno tomar alguna medida para ampararlos de la lluvia torrencial.

También corren como ciempiés ramificados los rumores de la conspiración. Pero no es ésta la oportunidad para intentar un levantamiento de las masas populares y los dirigentes lo saben: el Líder ha iniciado una maratón de discursos y nadie quiere perderse ni una sola palabra ni perder su puesto dentro de los socavones. Los soldados reparten víveres, han llegado camiones de maíz y en las cocinas se preparan distintas especialidades: humita, mute, tortillas, locro, tamales.

Algunos pesimistas (los disconformes nunca faltan) dicen que pronto se agotará la cosecha de maíz y, como nadie ha cultivado la tierra desde que el Líder empezó a hablar, van a quedarse sin comida. Cometen el mismo error de siempre: pensar que los habitantes de la capital constituyen toda la masa humana del país. ¿Y para qué está la indiada?, preguntan los del bando optimista. La indiada seguro que sigue trabajando la tierra aunque nadie esté allí para instigarlos; trabajando la tierra, sembrando y cosechando. Esto ya es carne en ellos y además no van a permitir que los pobres urbanos se mueran de hambre por el solo hecho de haberse constituido en auditorio.

Por otra parte, gracias al hambre generalizada y a una cierta gula el mismo pueblo acabó con la jerarquización arbitraria de las palomas. Los ministros ungidos por palomas son cosa del pasado, ya no quedan palomas en la plaza: todas fueron asadas. Ahora se está estudiando la posibilidad de criar ratas asépticas para aumentar el poder nutritivo de las ollas de locro.

Esto se discute mientras el Líder descansa o se reúne con su ministro, proque cuando el Líder habla el silencio es sepulcral dentro de los socavones, al punto de que el temor por la llegada de las lluvias queda postergado hasta nuevo silencio. Y eso que el cielo ya se está oscureciendo pero ellos no van a abandonar su puesto por unas gotas de agua más o menos. El Líder habla cada vez con mayor calor, en una de ésas su verba inflamada evapora la lluvia a mitad de camino. Con el primer chaparrón se dan cuenta de que ésta es una pretensión vana, y cuando se desencadena la gran tormenta (la primera de una serie que durará tres meses) los de los socavones descubren la existencia del barro primordial que muy pronto les llega a las rodillas. El Líder habla a borbotones como los del barro donde ellos tratan de conservar el equilibrio. Hay muchos desertores. Poco a poco los socavones se van volcando sobre la plaza y la plaza va escupiendo gente por las calles aledañas. No hay más remedio que irse, si bien al pueblo le cuesta abandonar la voz cálida del Líder y las ollas populares y la vida fácil aunque restringida de los socavones.

Por suerte el Líder no puede ver la cobarde retirada de su gente porque la espesísima cortina de lluvia le tapa la visual. Pero como todas las ventajas del mundo tienen también su contrapartida, tampoco pueden ellos ver al Líder y por eso mismo algunos se quedan sobrenadando en el lodo y otros se alejan con un imborrable sentimiento de culpa sin saber que el balcón hace ya rato que está vacío y los parlantes sólo retransmiten viejos mensajes grabados mientras el Líder, en su vastísima cama, hace gárgaras de sal tratando de curarse una afonía que amenaza ser crónica.

Amor por los animales

Auto celeste

Una vez establecido que es persona y no un perro de aguas pasamos al segundo interrogante: ¿hombre o mujer? Transcurre un lapso larguísimo de tiempo y no logramos definir algo concreto.

Va a llegar a su destino y nosotros, nada.

Pregúntenos lo que quiera, la fórmula del anhídrido sulfúrico o la manera de atar nudos en mundos de dimensiones pares y sabremos contestarle. No nos pida sin embargo que establezcamos su signo: circulito con flecha apuntando pa'arriba o circulito con cruz pa'bajo o circulito nomás o culito. Le digo a Sebastián: Con algo hay que conformarse, amigazo.

Va a llegar a destino y nos desespera el no saber a qué sexo pertenece es decir a qué sexo le sería satisfactorio pertenecer, es decir entregarse.

Aunque a veces, claro, el opuesto o el propio... Eso no lo sabremos de una primera ojeada y yo le digo Sebastián, metele fierro, viejo, a ver si lo/la alcanzamos.

Resultado de lo cual me endilga un callate pelotudo porque va como prendidito al volante pero al personaje enigmático del otro coche lo pasamos a llamar Lola. Pienso que en caso de ser un muchachito le diremos Lalo y listo el pollo, porque tiene una melena que da ganas de metérsela en la boca y chuparla despacito como hilo de caramelo —mirá si seré marica, pensando en estas cosas— pero

33

nada marica, prefiero de lejos que sea Lola, y también de cerquita, acá no más sobre mis piernas, y le digo a Sebastián, Sebas, viejo, metele pata que se nos raja, y él me obedece y pega la curva tras el otro y se cuela entre los autos enhebrando con precisión, zigzagueando lleno de bríos que para eso estamos hechos los porteños, para la zancadilla, el dribling, la patadita de costelete, el sorteo de todos los obstáculos en pos de los culos más notables de la creación. Dale fierro, Sebas, metele pata a fondo, mirá cómo pica, quiere camorra. Lola o Lalo en su cochazo blanco con chófer, vale la pena verle la jeta.

Auto blanco

—No se dé vuelta, nos están siguiendo.
—Puede que sea idea suya. Gire rápido a la derecha. ¿Todavía?
—Todavía.
—¿Coordinación Federal?
—No creo. Es un celeste, pero medio antiguo. Sin antenas.
—Acelere para pasar el semáforo. ¿Qué hacen ellos?
—Queman la luz roja.
—¿No los detienen?
—No. Mala señal.
—¿Me habrán reconocido?
—No creo, con esa peluca...
—¿Cuántos son?
—Dos.
—¿No irán los otros dos escondidos atrás? Raro, raro. No se dé vuelta, siga mirándolos por el espejito. Gire de golpe a la izquierda en la primera que pueda. ¿Siguen?
—Siguen.

Auto celeste

Dale negro, meté pata que los alcanzamos. Seguro que vale la pena, che, no podemos quedarnos así con el entripado y dejarnos pasar por cualquiera. Mirá cómo raja, y con chófer, debe ser una mina bárbara, capaz que es una estrella de la tele y la reconocemos. Debe de tenerle miedo al secuestro, cosita linda, chauchita de papá, si lo que queremos es otra cosa, no hacerte pupa. Vení que te lamo toda. Y vos, Sebas, no te calentés, negro, no te calentés, prendete firme al volante, mirá cómo pegó esa curva... uy, como las curvas de ella, igualito, seguro. Qué bestia, ese tipo no hace picadas, hace slalom. Dale, nomás, este gato igual te va a alcanzar, ratita. Orgullosa ratita, tan rígida en tu asiento sin darte vuelta ni un pelo. Date vuelta, ratita, que te queremos conocer.

¿Y si fuera un tipo? Después de tanto correr y arriesgar mil boletas mirá vos si es un tipo y la cagamos. Aunque con ese pelo... si es hombre igual se la podemos dar, por turro, por habernos hecho correr como locos porque sí. Al chófer lo perdonamos, es un pobre laburante, cumple bien con su deber. Hasta podemos contratarlo nosotros y dedicar el resto de nuestros días a correr tras las mil minas esquivas. No te ofendás, Sebas, sos un Fangio, metele, viejo, que te está sacando ventaja.

Auto blanco

—Imposible darles el esquinazo. Esto me huele muy mal, estacionemos y hagámonos los burros. O defendámonos. No se puede seguir corriendo para siempre, nos queda poca nafta. Y meternos en la cochera sería suicida.

—Parar sería mucho más suicida, con todo lo que llevamos. No entiendo por qué no conectaron la sirena, nos hubieran agarrado hace rato. Y no parecen tener equipo de radio, ¿no?

—No creo. Serán tiras fuera de servicio. ¡Pegue la vuelta a la derecha!

Auto celeste

¿Por qué barrio nos estarán llevando? Qué andurriales, che, ¿vos conocés por acá? Mirá que se hace la difícil. ¡¡¡Guarda!!! Girá a la derecha.

Nunca se llegó a saber por qué los del auto blanco redujeron la marcha de repente. No vivieron para contarlo. Los del auto celeste en cambio tienen tiempo de sobra para inventar razones: en la cárcel se los somete con prolijidad a lo que allí se llaman interrogatorios pero ellos no saben qué decir, ni qué decirse. ¿Quiénes eran los dos tipos del coche blanco (¡tipos, carajo!), adónde se dirigían, para quiénes eran las armas, quiénes eran los dos tipos, a qué organización pertenecen, cómo se llaman los cabecillas, para quiénes eran las armas, adónde iban, cómo se llamaban los dos tipos, qué organización, quiénes son los jefes, adónde se dirigían, para dónde eran las armas, cómo se llamaban los dos tipos, ¿los dos tipos?

Los diarios de la tarde, al dar con más detalles la noticia, dijeron que los dos coches de los terroristas (uno celeste y el otro blanco) habían quedado enroscados entre sí formando como una escarapela argentina. Los pintores de vanguardia en señal de protesta no se sabe si por los acontecimientos o por las metáforas sensibleras de la prensa local se inspiraron de inmediato para crear el Crash-Art y la primera muestra fue titulada Choque Nacional. Los pasajeros del coche blanco nunca llegaron a saber que gracias a ellos la metralleta retorcida pasó a ser considerada la obra de arte por excelencia. Los del coche celeste se cagan en la obra de arte.

Colectiveríadas

—Ya tiene totalmente asimilado el rol, en serio. Es la actitud típica de la reacción burguesa.

—Y después sacás la mercadería del mostrador.

Si yo fuera dueño de una esquina, instalaría un café. Qué bruto, las cosas que se le ocurren a uno sólo porque de golpe es lindo pescar unas conversaciones que no dicen nada pero dejan participar un poquito sin comprometerlo a uno. Es algo que tiene que ver con la ternura.

—Ni el PC, ni el Partido Intransigente, ni Balbín.

La macana es que uno sólo pesca los cabos más inútiles. Debe ser culpa de esta esquina que tiene mala trasmisión de ondas. Tendría que elegir muy bien mi esquina para poner el café. Una con buena acústica.

Me temo que esto es demasiado pedir. Voy a tener que empezar de nuevo: si quiero una esquina y no la tengo entonces me compro un colectivo y paro en todas y también me comunico. La gente me pregunta si llego hasta Retiro, me pide que le avise, me dice ciento cincuenta, ciento cincuenta la mayoría de las veces. Voy a jugarle al ciento cincuenta, a ver si sale y entonces me compro un colectivo, corto el boleto, paso a segunda, le doy el vuelto cierro la puerta de atrás insulto al tachero digo corriéndose al interior del coche. Una vieja me está clavando un paquete en la nuca. Espero que sea un paquete y no una teta puntiaguda de vieja o algo así. Eso es lo que tienen las tetas en este recorrido. Pinchan. Y cómo no van a pinchar si la otra vez el Cacho me contó de la mina esa que subió al coche justo al final del recorrido en la madrugada, y se fue con él hasta el baldío y páfate era un tipo disfrazado, de ésos, y el Cacho casi más lo mata a golpes pero salió con un ojo en compota porque claro el otro era tipo a pesar de todo y no una mina debilucha y el Cacho quedó con la cara magullada pero en una de ésas es un boleto para justificar el ojo negro que le puso su mujer que es una arpía. Estas sirenas lo vuelven loco a uno, las sirenas aú aúuú digo, las que hacen que uno no sepa dónde meterse para dejar paso. Sí señora, le aviso, faltan tres paradas. Tres paradas, las cosas que uno tiene que decir al volante de su colectivo y después pretenden que. Y las gambas esas de la tipa sentada adelante, que veo por el espejo. ¿Qué número será gamba para jugarle a la quiniela en lugar del 150 que en una de ésas aumenta de nuevo el precio del boleto y me quedo pagando? En cuanto gane me compro un colectivo de una línea que recorra Corrientes, y después le hago instalar el aparato de pasar cintas grabadas y meta tangos a eso de la tardecita cuando vaya en sentido contrario a la maroma, los otros sudando del centro hacia las afueras y yo piola piola transitando Corrientes con mis tangos en estereofónico y unas lucecitas tamizadas. Los pasajeros suben y me agradecen mi colectivo tan bien fileteado por fuera y dentro con adornos chiche sobre el gran espejo y la cortinita de terciopelo con flecos dorados y bordada de lentejuelas, la calavera transparente que se enciende cuando freno sobre la palanca de cambios. Soy el primer colectivero pelirrojo de la Cap. Fed. El más pintón de todos. Sí, señora, la próxima parada. Parada, señora, ¿se imagina?

—Eso es lo que te estoy diciendo, que no hablo al divino pedo.

—Flaco, de pelo colorado, co-lo-ra-do. Lo tenés que haber visto alguna vez por Lavalle o por Corrientes. Pasa como un iluminado.

No entiendo cómo se ha dado la cosa, pero en el café

donde estoy planeando lo de mi colectivo ya se habla de mí. No creo que mis pensamientos sean tan intensos como para haber materializado mi imagen al volante de mi estupendo vehículo, pero aquí están los de la mesa de enfrente hablando de mí como colectivero. No hay duda de que me abordaron cuando acababa de recorrer o cuando iba hacia el mejor tramo de Corrientes, cuando quedaba la sonrisa del recuerdo del placer o cuando se preparaba la nueva sonrisa del placer, y ellos vieron en todo eso algo como iluminado. No es para menos. Lástima que me perdí lo que siguieron diciendo, no supe lo que ocurrió después del premonitorio encuentro conmigo al volante de mi colectivo imaginario. Me perdí a mí mismo para siempre, de puro distraído, porque cuando quise seguir escuchándolos ellos ya se habían levantado para irse y ahora andan sueltos sabiendo más de mí que yo mismo. La idea me desespera. Cuatro tipos. En esta ciudad hay cuatro tipos que han entrado más adentro de mis sueños de lo que yo me animo a entrar. ¿Acaso alguna vez supe que mi expresión era como iluminada? No señor. Por eso ahora les digo confidencialmente que nunca hay que arrastrar los deseos hasta un café de esquina. Los deseos tienen allí una malsana tendencia a propagarse sin tomar en cuenta la mala calidad de la acústica ni las rígidas leyes de las buenas costumbres.

Visión de reojo

La verdá, la verdá, me plantó la mano en el culo y yo estaba ya a punto de pegarle cuatro gritos cuando el colectivo pasó frente a una iglesia y lo ví persignarse. Buen muchacho después de todo, me dije. Quizá no lo esté haciendo a propósito o quizá su mano derecha ignore lo que su izquierda hace o. Traté de correrme al interior del coche —porque una cosa es justificar y otra muy distinta es dejarse manosear— pero cada vez subían más pasajeros y no había forma. Mis esguinces sólo sirvieron para que él meta mejor la mano y hasta me acaricie. Yo me movía nerviosa. El también. Pasamos frente a otra iglesia pero ni se dio cuenta y se llevó la mano a la cara sólo para secarse el sudor. Yo lo empecé a mirar de reojo haciéndome la disimulada, no fuera a creer que me estaba gustando. Imposible correrme y eso que me sacudía. Decidí entonces tomarme la revancha y a mi vez le planté la mano en el culo a él. Pocas cuadras después una oleada de gente me sacó de su lado a empujones. Los que bajaban me arrancaron del colectivo y ahora lamento haberlo perdido así de golpe porque en su billetera sólo había 7.400 pesos de los viejos y más hubiera podido sacarle en un encuentro a solas. Parecía cariñoso. Y muy desprendido.

Cine porno

Poner en orden los acontecimientos de los últimos diez minutos, atando cabos con otras cosas que han ido ocurriendo ayer y anteayer, me va a consumir un montón de tiempo y eso que dejo de lado lo que incluyen los diarios —ya sean matutinos, vespertinos o clandestinos— por demasiado sabido. Lo difícil de un recuento es limitarse a mirar hacia atrás y no perderse en las inutilidades del presente. Es decir por un lado está el tipo que dijo Peló la .45 y me la enchufó, propio, propio. Por otro lado el que entró en el cuchitril aquél para alquilar películas super 8, sonoras y en colores. Tenían *El limpiador de vidrios*, otra llamada *En el parque* y también la clásica *El ladrón*.

Lo terrible de estos encuentros tan fugaces y casuales es que a uno se le despierta la necesidad de estar en todas partes, el don de ubicuidad que le dicen, para poder desentrañar el mecanismo de esta Capital Federal y darle una aplicación práctica. A cada instante pasan cosas subterráneas y la más mínima palabra debe de ser tenida en cuenta porque puede dar la clave. ¿Quién el torturador, quién el torturado, quién el sometedor y quién el sometido? El que alquila las películas porno puede muy bien ser el que pela la .45 y se la enchufa al otro, y los dos actos pueden ser simultáneos: la visión de la película y la extracción de la .45 real o metafórica. (El que dijo Peló la... no usó un tono ni de horror ni de queja. Había más bien un timbre de alegría en su voz que él no se preocupó por ocultar. Ni el más mínimo problema lo acechaba. En cambio el otro, pobre, el del alquiler de las películas, ése era un desesperado).

La historia entonces debe ser distinta y aparece un tercer personaje: el que pela la .45 es un desconocido, se la enchufa al que ya sabemos —el que dijo la frase— pero el muy piola se corre a tiempo y el tiro que se dispara solo por culpa del brusco movimiento le pasa de refilón por los testículos al del alquiler de películas, inutilizándolo. Entonces Roxana entra, alarmadísima, al cuarto donde él permanece aún de pie y se abraza sollozando a sus pantalones de donde mana sangre. La bala ha abierto un agujero en el tabique de separación y en zoom hacia dicho agujero se muestra el ojo del capo en GPP que espía la escena entre Roxana y el baleado con cierto brillo de placer en la pupila. La cámara vuelve entonces a la pareja que se está desvistiendo. Roxana le está ayudando a él a sacarse la ropa y él (ya que el sexo es más fuerte que el dolor y que el miedo) la está ayudando a desvestirse a Roxana y le saca la blusa para dejar al descubierto los espléndidos pechos de la muchacha. La blusa le sirve para hacerse una especie de torniquete en la zona genital y muy pronto la sangre deja de manar a borbotones para ir a concentrarse en el miembro que empieza a crecer hasta alcanzar proporciones deslumbrantes. Roxana queda encandilada y después lo besa con desesperación como si intuyera que ése es su último contacto porque el cirujano (llamado de urgencia por el capo) va a ser implacable. No olvidemos que el lema del capo es: no dejar títere con cabeza.

(Cacho la recomendó a Lila para el papel de Roxana, dice que ésas son tetas y no las que chupamos de chicos, pero creo que se lo van a dar no más a Esmeralda porque viene mejor la onda). A mí personalmente el argumento no me convence demasiado, tanta sangre, ¿no? pero ellos dicen que es algo novedoso y además así empalma con el tipo que va a alquilar películas porno porque uno que se queda sin pelotas sólo puede hacerlo de ojito. Y yo me

44

pregunto ¿y qué hacen con el de la .45? La frase quedó colgada en el aire: "Peló la .45 y me la enchufó"... y después nada, el protagonista pasa a ser otro. Y aparece uno no se sabe de dónde (el dueño de la pistola) y, ¿quién es el capo, y eso?

—Ya vamos a ir viendo los detalles del argumento durante los ensayos —me contestan—. Vos limitate a traer las frases de base, los factores desencadenantes. Ya vas a ver lo que somos capaces de inventar nosotros. Por ejemplo, la película puede transcurrir en las oficinas del capo que es traficante de drogas y trae tereré del Paraguay o algo así. En la oficina al lado de la del capo están Roxana y el de los futuros testículos baleados cojiendo sobre un escritorio. Ella acostada sobre el escritorio y él de pie (anotá: conseguir escritorio de altura apropiada). Ella le dice que lo quiere porque él tiene la más grande de toda la oficina, no como la de González que se escapa a cada rato (allí puede haber un flash back de González y ella en un pasillo). Entonces al de los testículos le da un ataque de celos y empieza a golpearla diciéndole Puta, te acostás con todos, y ese González que es un atorrante y cosas de este tipo. El capo en el escritorio de al lado escucha muy excitado (nunca hay que olvidar el audio en este tipo de películas, debe ser tan cargado como el video). Por fin ellos descubren que el capo los está espiando por la hendija de la puerta y se sienten incómodos y furiosos. Le dicen al capo que se peleaban por la goma (sin aclarar qué goma) y empiezan rápidamente a vestirse porque la ropa ha quedado toda tirada por la oficina y eso puede causarle mala impresión a los clientes.

Escena 18 - Baño de las oficinas
Interior - Atardecer.

El habla en voz baja con el matón de la empresa. Mientras lo acaricia subrepticiamente le dice que al que le gustaría eso es a González, que el otro día lo escuchó decir lleno de gozo: "Y peló la .45 y me la enchufó". Que él, el matón, podría hacerle lo mismo y que González sabría agradecérselo. Que al principio González se haría el estrecho pero después no. El matón se ilusiona y sale del baño abrochándose, dispuesto a todo.

Escena 19 - Oficina - Interior - Atardecer.

El matón entra cuando Roxana, González y él están trabajando. Saca la .45 dispuesto a enchufársela ya sabemos dónde a González pero González se asusta, cree que va a disparar, y encadena así con el argumento que ya tenemos. ¿Viste? ¿Qué me contursi?

—Pienso que hay demasiados tipos para una sola mina.

—Sí, pero qué mina. Y además hay un bufa, y una escena para putos, y se promete más. Con esto dejamos contentos a todos. Yo quiero pathos, cuando dirijo los dejo a todos ululantes.

—Bien, pero mucha gracia no le veo a la historia ésta.

—No le ves, no le ves... ¿No te das cuenta, pajarón, que así todo queda cerrado, perfecto, cíclico? Borgiano, diría yo: si el tipo de los testículos reventados es el que va a alquilar después las películas porno para consolarse, entonces nos alquila la nuestra y así no sólo producimos de un golpe la mercadería, sino también al consumidor. ¿Manyás?

Unlimited Rapes United, Argentina

Con desesperación agarró la guía de teléfonos, tomo amarillo, y se puso a buscar el número de la Vedeefe, Violadores de Frente, la conocida filial argentina de la URU (Unlimited Rapes United) con asiento en Des Moines, estado de Iowa, e importantes filiales en todo el país. Nada podía contener la oleada de indignación patriótica que lo hacía resollar mientras daba vuelta las páginas. Nada, ni el buen olorcito de los bifes a la plancha que su abnegada esposa estaba preparando en la cocina. La ira lo sacudía hasta el punto de impedirle concentrar la atención en los nombres y le llevó un buen rato dar con el número buscado, a pesar del aviso que ocupaba media página y no era para menos, con la obra de bien que estos buenos muchachos hacían.

Tomó el teléfono con intención de convertirse en el vocero de la gran masa anónima de ciudadanos que en esos momentos estarían tanto o más indignados que él pero sin la capacidad intelectual necesaria para asumir la queja y tomar la iniciativa.

Empezó así la lucha por conseguir comunicación y el bife se fue enfriando lentamente en el plato junto con las papas fritas, mientras su noble esposa se lamentaba en voz alta de tener que comer sola y justo un domingo. La causa que lo impulsaba a actuar, le dijo a su cara mitad, era altamente humanitaria y bien podía ella sacrificarse un poco en beneficio de la comunidad. Y con paciencia muy poco común en él siguió luchando con el teléfono pero:

1º No había tono
2º No enganchaba la central
3º Enganchaba pero daba tono ocupado
4º Adelante con la central, pero el número estaba ocupado y no era para menos a pesar de tener un conmutador con diez líneas
5º No había tono, etc.

Obtuvo la comunicación a las seis menos cuarto de la tarde, cuando ya la angustia estaba por acabar con él, y sin haber podido probar bocado. Su tierna esposa hubo de resignarse a hacer la siesta sola, ¡en domingo!, y casi no pudo dormir, claro, a pesar de haberse acostado antes que de costumbre por los escasos platos que tuvo que lavar. El bife seguía esperándolo a él sobre la mesa, junto a las papas fritas acartonadas, la ensalada ennegrecida y el vino. Ella era capaz de comprender su furia, pero no hasta ese punto. Pobre pichoncito y todo por ella, para que pudiese ir tranquila al mercado o para que no se asustara si un desconocido la seguía por la calle de noche cuando él le pedía que fuese a comprar cigarrillos o el diario. En una ciudad tan peligrosa como ésta ella podía circular sin preocupaciones porque él velaba por ella y era capaz de tomar la delantera y protestar cuando las cosas no funcionaban como era debido.

—Si siguen así muy pronto vamos a quedar totalmente en manos de los terroristas —había dicho mientras buscaba el número en la guía. Y había agregado con razón:

—Yo les voy a enseñar a cumplir con su cometido, para eso les pagamos.

El es tan hombre cuando se trata de volverse enérgico, es tan decidido; capaz hasta de sacrificar la siesta del domingo junto a ella, el único momento de amor de la semana, sólo por defenderla.

Hasta que a las seis menos cuarto de la tarde —sin haber almorzado ni hecho el amor ni hecho la siesta, sin haber tomado su mate cocido con bizcochos ni ninguna de esas cosas agradables que deparan los domingos aunque llueva— una voz del otro lado del hilo le preguntó con eficiencia Qué desea y él pudo por fin descargar su cólera, no sin antes haber dado su número de carnet y sus filiaciones, como es lógico.

—Son ustedes los que deben rendirme cuentas por haber faltado a su deber, anoche. Y eso que era sábado. ¿Cómo quieren que los ciudadanos honorables vivamos tranquilos? No apareció ni la más mínima violación en los matutinos de hoy, ninguna menor debió ser internada en un hospital psiquiátrico para reponerse de un shock por ultraje al pudor, nada. ¿Acaso no les da vergüenza?

—Naturalmente, señor. Le aseguro que nosotros también estamos confundidos. Usted conoce el prestigio de nuestra empresa, nunca ha habido motivo de queja hasta hoy, no entiendo qué ha podido suceder. Anoche se cometieron tres violaciones espectaculares pero no hubo denuncias.

—Y a mí qué que no haya denuncias. Yo sólo pido que aparezca la noticia en los diarios para leerla a la hora del desayuno.

—Ese es nuestro drama, señor. La ética profesional nos amordaza, nos impide pasar directamente la gacetilla a la prensa aunque más de una vez nos ha sido reclamada para apurar el trámite. Pero usted comprende que debemos dejar ese aspecto del trabajo en manos de la policía, y si no hay denuncia la policía no puede hacer nada.

—¡Qué ignominia!, ya no se puede contar con nadie. Si las violaciones no aparecen en los diarios, hasta los ciudadanos probos vamos a tener que salir a violar por las calles, y eso no está bien visto. Después de todo, tres violaciones de nada, un sábado a la noche, ni cuentan. Deben ser mucho más activos para que la cosa tenga repercusión. Y ahora no me digan que el dinero no les basta para contratar nuevos miembros, bien que nos han aumentado la cuota últimamente, y el número de socios es cada vez mayor, según la última circular enviada por la empresa misma.

—Es cierto, señor, es cierto. Pero debe comprender que los tiempos están difíciles y las mujeres ya no se nos resisten como antes. No podemos obrar con el mismo ímpetu.

—Cuentos. Todavía no se ha perdido el pudor, mujeres serias hay a montones, pero si esto sigue así ni vale más la pena pagar la cuota. Crónicas de violaciones —no violaciones a escondidas— eso es lo que exigimos los ciudadanos probos para sentir que todo sigue su curso normal y podemos quedarnos en paz en nuestros sillones leyendo el diario.

—Señor, los ciudadanos exigen eso pero no las ciudadanas. Nos están boicoteando el trabajo que usted sabe es delicado como una obra de arte. Ahora hay algunas que hasta se nos ríen en la cara cuando las agarramos en un rincón oscuro. Nos critican el instrumental, nos inhiben, ¿comprende? Y nosotros necesitamos de todo nuestro orgullo para llevar adelante esta labor que es un verdadero apostolado. No podemos hacer nada si ellas nos critican, nos asustan y hasta a veces nos golpean. Sólo somos hombres... así no podemos funcionar. Y por fin, cuando logramos cumplir, ellas se vuelven a sus casas muy tranquilas y ni siquiera hacen la denuncia correspondiente. Le digo: ya no quedan damas.

—Sí que quedan. Mi esposa, sin ir más lejos. Una verdadera dama. Es por ella que me suscribí a la Vedeefe, por ella pago la elevadísima cuota mensual y por ella —porque es una dama— es que ahora presento esta queja que espero sea tenida muy en cuenta.

—Claro que sí, señor. Su queja ha quedado debidamente registrada. Le agradecemos su preocupación por nuestra causa y también le agradecemos el dato. Buenas tardes.

Al dejar el tubo, él pudo por fin suspirar aliviado.

Aquí nace la inocencia

Aquí nace la inocencia. Cuando se encontró frente a este cartel no tuvo ni un instante de duda. No se preguntó por qué aquí y no en cualquier otro lado. Supo. Allí y niente di piú porque eso de que la inocencia cunda y ande naciendo por doquier ya es mucho pedir. Como puede ser mucho pedir que la gente piense o algo por el estilo. Se lo damos todo masticado y la inocencia no nace: muere. Pero gracias a esta clínica experimental íntegramente argentina, algo puede rescatarse todavía. Se sabe hasta qué punto el feto percibe las sensaciones de la madre y oye lo que se está diciendo, para no hablar de los hogares donde impera la televisión, brrr, y entonces aun dentro del vientre no se gesta la inocencia sino algo muy distinto. En cambio aquí no, aquí *nace* la inocencia. Es una casa en La Boca pintada de colores pálidos en franco contraste con las otras tan abigarradas. En el interior las paredes y los techos están totalmente recubiertos de telgopor y una televisión en circuito cerrado pasa todo tipo de programas bucólicos y noticias optimistas, evidentemente inventadas. Las parejas se internan allí para engendrar, y la madre debe quedar en ese paraíso artificial hasta el momento del parto, sin siquiera asomar la nariz a la calle. Respira un aire tamizado, la temperatura es siempre agradable, por las falsas ventanas siempre brilla el sol.

Se trata de una clínica obstétrica experimental y aunque los precios son bastante accesibles teniendo en cuenta los servicios que ofrece, pocas son las futuras madres que aceptan someterse a semejante aislamiento. Por lo pronto, una vez que la señora ha sido fecundada, el marido ya no puede visitarla más para no traer contaminaciones del mundo exterior. Ni siquiera puede escribirle cartas o llamarla por teléfono. Y todo está tan cuidado y regulado que se ha dicho que la pureza crea acostumbramiento y las mujeres que han pasado por la clínica de la inocencia nunca más son las mismas al volver a sus casas. En compensación los allí nacidos se convierten casi automáticamente en delincuentes juveniles. Es evidente que este problema ya no concierne a los obstetras sino a los sociólogos, pero se sabe que tiene relación directa con la falta de anticuerpos. Al no estar inmunizados contra el mundo exterior, estos jóvenes y muchachas impolutos se transforman al tiempo en seres descontrolados y agresivos. El director del establecimiento no se preocupa por estas nimiedades; sabe que no hay desenfreno ulterior que pueda borrar lo que se les ha brindado: una inocencia primordial que es tema de conversación inagotable con los compañeros de calabozo.

Verbo matar

Mata - mató - matará - mataría - ha matado - hubo matado - habrá matado - habría matado - está matando - estuvo matando - ha estado matando - habría estado matando - habrá estado matando - estará matando - estaría matando - mate.

No nos decidimos por ninguno de estos modos ni ninguno de estos tiempos. ¿Mató, matará, habrá matado? Creemos que está matando, a cada paso, a cada respiro, a cada. No nos gusta que se acerque a nosotras pero nos lo cruzamos cuando vamos a buscar almejas en la playa. Nosotras vamos de norte a sur, él viene de sur a norte y más cerca de las dunas, como buscando piedritas. Nos mira y lo miramos, ¿mató, matará, habría matado, está matando? Nosotras dejamos en el suelo la bolsa con almejas y nos tomamos de la mano hasta que él pasa y se aleja. No nos tira ni una piedrita ni siquiera nos mira pero después no nos quedan fuerzas para seguir haciendo pozos y buscar almejas.

El otro día, pasó él y en seguida no más encontramos una gaviota herida en la playa. Pobrecita, la llevamos a casa y en el camino le dijimos que nosotras éramos buenas, no como él, que no tenía que tenernos miedo y hasta la tapamos con mi saquito para que el viento frío no le hiciera doler el ala rota. Después nos la comimos en guiso. Un poco dura, pero muy sabrosa.

Al día siguiente volvimos a recorrer la playa. No lo vimos a él ni encontramos ninguna gaviota herida. Malo como es pero algo tiene para atraer a los animales. Como cuando estábamos pescando: horas sin que pique nada hasta que apareció él y entonces sacamos una regia corvina. No nos ponderó el pique ni sonrió y mejor porque tenía más cara de asesino que nunca con el pelo largo parado y los ojos brillantes. Siguió juntando sus piedritas como si nada, pensando en las que ha matado, matará, mata.

Cuando él pasa nos quedamos duras de miedo, ¿nos llegará el turno, algún día? En el colegio conjugamos el verbo matar y el escalofrío que nos recorre la columna no es igual al de cuando lo vemos pasar muy orondo por la playa juntando sus piedritas. El escalofrío de la playa se ubica en una parte más baja de nuestro cuerpo y es más estimulante, como el aire de mar. El junta todas esas piedras para cubrir las tumbas de sus víctimas, aunque son piedritas chiquitas, transparentes, que de vez en cuando observa contra el sol para asegurarse de que el sol existe. Mamá dice que si se pasa todo el día buscando piedras es porque come piedras. Mamá no piensa más que en la comida, pero seguro que él se alimenta con alguna otra cosa. El último suspiro de sus víctimas, por ejemplo. No hay nada más nutritivo que el último suspiro, el que arrastra todo lo que una persona acumuló durante años. El debe de tener algún secreto para captar esa esencia que se escapa y por eso no necesita vitaminas. Con mi hermana tenemos miedo de que él nos agarre alguna noche y nos mate para absorber todo eso que fuimos asimilando en los últimos años. Tenemos mucho miedo porque estamos muy bien alimentadas, mamá siempre se preocupó por equilibrar nuestras comidas y nunca nos faltó la fruta o las verduras aunque son muy caras en estas regiones. Y las almejas contienen mucho yodo, dice mamá, y el pescado es lo más sano que hay aunque aburrido al gusto pero qué le va a resultar aburrido a él que mientras mata a sus víctimas (siempre mujeres, claro) debe de hacerles esas cosas horribles que imaginamos con mi hermana, sólo para divertirse un poco. Con mi hermana pasamos horas hablando de esas cosas que él les hace a sus víctimas antes de matarlas para divertirse un poco. Los diarios muchas veces mencionan a degenerados como él pero él es de los peores porque no come otra cosa. El otro día lo espiamos mientras les hablaba a las lechugas que tiene en la huerta (loco, además de degenerado). Les decía cosas cariñosas y nosotras estamos seguras de que eran lechugas venenosas. En cambio nosotras no les decimos nada a las lechugas, nos las tenemos que comer con aceite y limón aunque son un asco y todo porque mamá dice que contienen muchas vitaminas. Y nosotras ahora tenemos que tragar vitaminas para él, qué bronca, porque cuanto mejor alimentadas estemos más contento lo vamos a poner y con más gusto nos va a hacer esas cosas horribles de las que hablan los diarios y que nosotras imaginamos, justo antes de matarnos para tragarse de una bocanada nuestro último suspiro cargado de vitaminas. Nos va a hacer un montón de cosas tan asquerosas que hasta nos da vergüenza contarlas, y sólo las decimos en voz muy bajita cuando estamos en la playa y no hay nadie a leguas de distancia. El se va a tomar nuestro último suspiro y se va a quedar fuerte como un toro para ir a matar a otras chicas como nosotras. Ojalá la agarre a Pocha. Pero que a ella no le haga ninguna de las cosas asquerosas antes de matarla porque a ella capaz que le gusten, la muy puerca. A ella que la mate directamente clavándole un cuchillo en la panza. Con nosotras en cambio se va a divertir mucho rato porque somos bonitas y a él le va a gustar nuestro cuerpo y nuestra voz cuando chillamos. Y nosotros vamos a chillar así y así pero nadie nos va a oír porque él nos va a llevar a un lugar muy lejos y después nos va a meter en la boca esa cosa horrible que ya sabemos. Ya nos habló la Pocha de todo eso, y él debe de tener una cosa enorme con la que mata a sus víctimas.

Enorme aunque nunca la vimos. Para demostrar que

somos valientes quisimos espiarlo mientras hacía pis pero se dio cuenta y nos sacó corriendo. ¿Por qué será que no nos la quiso mostrar? Será porque cuando llegue nuestro último día quiere darnos la sorpresa y agarrarnos puras para sentir más placer. Seguro que sí. El se reserva para nuestro última día y por eso no quiere ni acercarse a nosotras.

Pero ya no.

Papá nos prestó el rifle, por fin, después de tanto pedírselo para cazar conejos. Nos dijo que ya somos grandes, que podemos ir solas con el rifle si queremos, pero que tengamos mucho cuidado, que nos lo presta como premio porque nos va tan bien en el colegio. Es cierto, nos va bien en el colegio. No es nada difícil aprender a conjugar los verbos:

El será matado - es matado - ha sido matado.

estupidez

Pavada de suicidio

Ismael agarró el revólver, se lo pasó por la cara despacito. Después oprimió el gatillo y se oyó el disparo. Pam. Un muerto más en la ciudad, la cosa ya es un vicio. Primero agarró el revólver que estaba en un cajón del escritorio, después se lo pasó suavemente por la cara, después se lo plantó sobre la sien y disparó. Sin decir palabra. Pam. Muerto.

Recapitulemos: el escritorio es bien solemne, de veras ministerial (nos referimos a la estancia-escritorio). El mueble escritorio también, muy ministerial y cubierto con un vidrio que debe de haber reflejado la escena y el asombro. Ismael sabía dónde se encontraba el revólver, él mismo lo había escondido allí. Así que no perdió tiempo en eso, le bastó con abrir el cajón correspondiente y meter la mano hasta el fondo. Después lo sujetó bien, se lo pasó por la cara con una cierta voluptuosidad antes de apoyárselo contra la sien y oprimir el gatillo. Fue algo casi sensual y bastante inesperado. Hasta para él mismo pero ni tuvo tiempo de pensarlo. Un gesto sin importancia y la bala ya había sido disparada.

Falta algo: Ismael en el bar con un vaso en la mano reflexionando sobre su futura acción y las posibles consecuencias.

Hay que retroceder más aún si se quiere llegar a la verdad: Ismael en la cuna llorando porque está sucio y no lo cambian.

No tanto.

Ismael en la primaria peleándose con un compañerito que mucho más tarde llegaría a ser ministro, sería su amigo, sería traidor.

No. Ismael en el ministerio sin poder denunciar lo que sabía, amordazado. Ismael en el bar con el vaso en la mano (el tercer vaso) y la decisión irrevocable: mejor la muerte.

Ismael empujando la puerta giratoria de entrada al edificio, empujando la puerta vaivén de entrada al cuerpo de oficinas, saludando a la guardia, empujando la puerta de entrada a su despacho. Una vez en su despacho, siete pasos hasta su escritorio. Asombro, la acción de abrir el cajón, retirar el revólver y pasárselo por la cara, casi única y muy rápida. La acción de apoyárselo contra la sien y oprimir el gatillo, otra acción pero inmediata a la anterior. Pam. Muerto. E Ismael saliendo casi aliviado de su despacho (el despacho del otro, del ministro) aun previendo lo que le esperaría fuera.

Los zombis

En los acontecimientos clave no siempre es necesario estar presente. Pero entonces resulta difícil tomar partido, ¿cuál hubiera sido mi bando esa tarde de diciembre cuando una multitud asaltó los coches embotellados en Libertador a la altura de la General Paz? Jorge me lo cuenta por teléfono, él tampoco lo ha visto pero se horroriza, yo también me horrorizo, él se horroriza/solidariza con los que están metidos en la sólida mecánica de sus autos —caja de Faraday hasta entonces por la que el rayo se deslizaba sin perjuicios— y de golpe no, el coche ya no es una protección: es una jaula. Hay un embotellamiento de tránsito con la consiguiente imposibilidad de moverse. Y de detrás de los pilares de cemento y de los matorrales mal cuidados que hacen a la decoración del viaducto, salta una jauría, los hombres hambrientos, los voraces que con uñas y dientes y garras les arrancan lo que pueden a los que están ensartados en sus autos.

Me pregunto cuál habrá sido el inventario:

31 relojes pulsera
15 cadenas con sus respectivas medallitas
3 collares valiosos
28 alianzas, alguna quizá con su correspondiente dedo
un montón de colgantes
algunos aros con un poco de sangre coagulada en el perno

justificación

Un botín no demasiado brillante, pobres de nosotros, pero tampoco podemos quejarnos del resultado de un operativo espontáneo como éste provocado por la necesidad más absoluta, la desesperación, el hambre, la desdicha. Si se nos quiere culpar de algo, cúlpesenos de estar vivos en estas tierras y en estos momentos. No podemos aceptar ningún otro cargo, nos basta con saber que estamos condenados desde el vamos y esto puedo decírselo yo que no estuve en ese lugar ni soñé estarlo pero que me solidarizo de alguna forma con ellos porque veo en sus ojos un horror más tenaz que el horror en los ojos de los otros, los que pueden por fin poner en marcha los motores y correr a la comisaría más próxima a reclamar justicia.

Cambia a 1ª persona

Soledad

, no hay justicia

¿Linyera, yo?

[anotación manuscrita:] un nombre, protesta del castellano, cuentos tenía medio de protestar por ahora no tiene nada que perder, no quiero protesta suicida

Cuando estoy frente a mi plato de lentejas y las cuento una a una y *logro* contarlas, entonces me digo mejores épocas hemos conocido, ¿eh muchacho? y me palmeo un poquitito el hombro, con suavidad eso sí, no como antes cuando los esfuerzos musculares y hasta las palmadas me dejaban tan pancho. Ahora ya no, ahora vienen las defecciones en materia de organismo y además está este problema de la alimentación que es tan escasa. Vas a terminar de una vez, me gritan, hay que dejar el lugar para otro, y yo meto violín en bolsa es decir meto la cabeza entre los hombros —lo único que me pertenece— y me voy hasta la estación de subterráneo a tratar de refugiarme al calorcito.

Hay un lío de órdago en la estación y por eso de que a río —lío— revuelto ganancia de pescadores aprovecho para colarme como de costumbre por donde entran los que tienen abono. Nadie me chista, todos gritan, corren, alguno protesta:

—Carajo, justo viene a elegir este momento para tirarse bajo el tren, como si no tuviéramos nada que hacer, nosotros, los que nos seguimos manteniendo en vida, qué falta de respeto, venir a suicidarse justo ahora cuando todo el mundo va al laburo, no hay derecho, qué va a decir el jefe, siempre viniendo con excusas, va a decir. Este infeliz podría haber elegido otro tren, no justo el tren donde yo viajo, para hacerme atrasar y qué le voy a decir por culpa de este imbécil.

De inmediato me identifico con él, lo sé, pero me cuesta

saber cuál de los dos es él, aquel con el cual me identifico: si el protestador o el suicida. Creo que es una cuestión de etapas en mi existencia. Hace unos años me hubiera identificado con el protestón, ahora más bien con el suicida. Aunque quizá me equivoque. Quizá hubiera debido suicidarme en aquel entonces cuando era el señor profesor y usaba saco y corbata y corría a la cátedra y en cambio ahora puedo muy bien permitirme el lujo de protestar ya que no tengo nada que perder. El estar arriesgando algo debilita la protesta, la vuelve vacía y uno no se permite tomarla demasiado en serio por temor al efecto de rebote que como todo el mundo sabe tiene la protesta. En cambio ahora, ¿qué? un golpe de protesta en plena cara no me vendría tan mal después de todo ya que fui tan cobarde en épocas pasadas. La protesta sería un retorno a la vida, un llamado de alerta; y para que vean que no miento me voy a poner a protestar ya mismo:

¿Un suicida, señores? Qué falta de respeto, qué ignominia. No tiene la más mínima consideración por los seres que dependemos de un horario. Debe de haber sido alguien que ignoraba lo que era el trabajo, el tener que ganarse el pan de cada día con el sudor de la frente. Una frente no demasiado amplia ni poblada de ideas pero bien constituida (perdón, no debo alejarme del propósito...) Un suicida, señores, señoras que seguramente trabajan en estos días de hambre cuando el sueldo del esposo no alimenta a la prole. Y ahora se han detenido los trenes subterráneos y debemos salir al aire y conseguirnos otro medio de transporte con la consiguiente pérdida de tiempo y de dinero. Un suicida que no sabe el mal que nos está ocasionando al elegir esta temprana hora de la mañana en lugar de tirarse bajo el tren a las diez de la noche, pongamos por caso, cuando sólo viajan los ociosos. Y todo para llamar la atención, como si nos importara.

—También usted está llamando la atención. Déjese de chillar y marche preso.

—Sólo estaba protestando como un buen ciudadano...
—Ma sí.

Se ve que no estoy para estos trotes. Pero aquí dentro, al menos, tengo mi propio lugar y no es tan helado como dicen. Ya escribí mi nombre en la pared y una que otra alusión casi ilegible a la policía en general y al cabo Figueras en particular. Aparte de esto, sólo puedo anotar que me molestan mucho los alaridos, esos gemidos y gritos y palabrotas que brotan por la noche no se sabe bien de dónde ni por qué.

Aunque en otras épocas fui profesor de castellano en una escuela secundaria y por eso sé lo que les digo o más bien sé cómo decir lo que estoy diciendo. Los chillidos nocturnos me despiertan causándome una tan sana indignación como la del tipo aquel ofendido en carne propia por un suicida anónimo. Ahora yo quiero protestar también pero se me escapa un poco el contenido de la queja por culpa de estos monigotes borrachos que comparten mi nuevo alojamiento pero no mi bochorno. Los gritos son cada noche más escalofriantes y yo exijo ser trasladado a una institución penal como la gente. Que me saquen de esta infernal comisaría.

Por fin me sacan. Sí. De un empujón me ponen en la calle: chau comida repugnante pero a horario, chau manta con pulgas pero manta. Vuelta a ver de dónde saco unos mangos para el morfi, vuelta a la lucha cotidiana, a esta ciudad cada vez más invisible donde ni puedo echarme un sueñito mañanero porque en eso cae el suicida de las 8.37 y me estropea el descanso.

Se lo digo yo

Si señor, se lo digo yo, que de subterráneos me las sé todas. Nada de bajar en las horas punta porque se le puede rasgar a uno el traje o quedar con la corbata en hilachas. Sí señor, las horas punta son el colmo, cada días las afilan más, para embromar a los ciudadanos incautos. Pero se lo merecen por boludos. No tienen más que escucharme a mí y bajar al subte sólo en horas redondeadas. A las 10 de la mañana, pongamos por caso, o a las 9 de la noche.

Otro consejito y va por la misma suma, de obsequio como quien dice, de regalo: si por alguna razón impostergable tienen que viajar en subte en horas punta nunca lleven a sus novias. Ya se imaginan ustedes lo que les puede ocurrir a estas castas damiselas en semejantes circunstancias. Y después no me vengan a decir que nos les previne; no me las traigan de vuelta como mercadería averiada porque me consta que han salido enteritas de fábrica y para eso les doy la garantía, pero nadie es tan mago como para protegerlas durante un viaje en subte a las 6 de la tarde. Se lo digo yo que estoy en este negocio desde hace años. Eso sí, si se las sabe cuidar son irreemplazables. ¿El señor lleva una?

Vía vía

Las vías de tranvía abandonadas no mueren donde las cubre el asfalto, y hay quienes toman estas vías y las siguen bajo tierra hasta los territorios grises de la nostalgia de donde sólo se emerge convertido en murciélago. Los murciélagos que han empezado siendo seres humanos que siguieron las vías del tranvía ahora señalan su paso con un campanilleo muy particular y quienes lo oyen se ven obligados a su vez a honrar a los tranvías. No siempre el camino es el mismo. Los hay que honran a los tranvías volviéndose amarillos como con ictericia y hay otros a quienes les crece un troley y se electrizan de a ratos. Nadie se ha dado cuenta de este fenómeno salvo los interesados que se acaban de presentar ante la UTA solicitando la personería jurídica para fundar un nuevo gremio. La UTA se encuentra en un serio dilema: tranvías eran los de antes y no estos que andan con los cables pelados.

Ni el más aterrador,
ni el menos memorable

El día que encontró pelos púbicos en su plato de sopa no fue el más aterrador de su existencia y era sopa de letras. El día que encontró un obelisco entre sus pelos púbicos la cosa ya le llamó más la atención aunque no por eso pudo comprender de golpe su nueva vocación cartográfica gracias a la cual todo él —sus más recónditos rincones y sus más diminutas divergencias— empezaban a convertirse en copia fiel de la ciudad, mucho más cálida que la propia ciudad y menos esquemática.

Su novia tampoco supo verlo de entrada aunque durante buen tiempo recibió con placer los honores del recientemente adquirido obelisco y dejó que su lengua corriera por la calle Corrientes con todos los carteles de cines y atracciones hasta hundirse en la calidez de la recova.

Me pica el barrio de Belgrano, hay un palpitar intenso por el lado de Flores, acabó diciéndole él cuando por fin se hizo a su nueva condición de mapa. La novia no pudo menos que comprarse una guía Peuser, y siguiendo las líneas de los más reputados colectivos sus caricias se volvieron barrocas e inesperadas. Una mano que partía de la axila derecha podía muy bien terminar en la nuca después de circunvalar el ombligo, y un beso nacido en el dedo gordo del pie izquierdo quizá tan sólo se perdía en la cortada del empeine. El daba luz verde para todo pero ella resultó respetuosa de las leyes de tránsito: cierta noche decidió que a los camiones había que desviar-

69

los por el bajo y cerró a la circulación ciertas arterias céntricas.

¿Taxis? Taxis también hubo pero no todos eran medios de transporte para transportarlo a él a remotas regiones donde el cuerpo no es ciudad ni es nada, tan sólo un lago negro en el que uno puede sumergirse hasta su propio fondo.

La boca de él es la cuadra comprendida entre Corrientes y Lavalle, a la altura de Anchorena (el mercado de Abasto) con un tajito que es la calle Gardel por la que a veces entona una canción nostálgica o a veces silba para llamar al perro. Sus tripas son las cloacas que desembocan en el río de la Plata y su novia es a veces un barco que navega por ese río, tan lejos de él-ciudad y tan cerca de otras costas.

El no enciende sus carteles luminosos por miedo a deslumbrar a los que pasan, ¡él tiene tantos pero tantos recursos! Su pelo es el bosque de Palermo, su nariz la barranca del río, su pecho la plaza San Martín y así y así poniendo un poquito de imaginación y ni pizca de ningún otro ingrediente.

En la ciudad que es él a veces hay huelgas. Las peores son las de los obreros de la energía, con cortes de luz y súbitos bajones de tensión. De la limpieza ya ni se habla. Por la zona sur está hecha un desastre, abandonada, y sólo la zona norte conserva algo del antiguo esplendor en los bigotes.

Su ciudad requiere a veces algunas conmociones, una manifestación callejera, un éxodo quizás. Eso es, un éxodo. De eso se encarga su novia porque en los tejemanejes del amor distante y la esperanza es de lo más ducha. Vení, le dice él, y ella va y lo besa pero después lo araña y por fin le dice Me voy pero ya vuelvo y él se queda esperándola sin saber si quiere un beso, un zarpazo o tan sólo esperarla.

Cuando ella no está él olvida sus ínfulas catastrales y

va al trabajo así, sencillo, llevando su esperanza bajo el brazo como si fuera un diario. Los que lo ven pueden creer que se está interesando por los acontecimientos internacionales, pero nada de eso: sólo trata de leer en el recuerdo de ella su próxima movida. Peón 3 rey. Y de inmediato interpreta: ella se está preparando para ir a la estancia, llegará calladita sin avisar a nadie y se irá a pasar unos días con un puestero cualquiera o con el domador (aunque no, claro, el domador es para la jugada siguiente: caballo 5 torre —con él hace el amor en el potrero cinco, donde está el molino alto—). Ahora sólo se conseguirá un puestero, el Irineo, quizá, y pasará tres días con él hasta elaborar un plan de seducción aplicable al dueño de la estancia, padre de él (de él-ciudad, no del puestero) y acabará en la cama de don Agustín, el rey de los embutidos. El viejo está un poco caduco, hay que reconocerlo, pero a ella qué con tal de desconcertarlo a él (a él, no al viejo). Esa será su jugada del cuatro de setiembre, lo ve clarito.

Es decir que ella se escapa al campo y él que es la ciudad no puede cruzar sus propios límites para ir a buscarla. La General Paz es para él coto vedado ¿acaso alguien es capaz de trasgredir sus propias fronteras y aflorar ileso de tanta iniquidad? El estaría dispuesto a darse vuelta como un guante para ella, pero no es para tanto (el hombro a hombro de la solidaridad humana, el codo de Dorrego. Su cuerpo le duele en lo que tiene de más municipal y también le duele en la ausencia de ella).

Los cortes de energía se vuelven constantes cuando su novia no está, no sólo se le apaga la luz de las pupilas sino que es pura sombra hasta la planta de los pies, la planta termoeléctrica.

Cuando ella vuelve a la ciudad después de una jugada (y hay 8 peones, dos caballos, dos alfiles, dos torres, un rey y hasta una reina, su buen tiempo le lleva disponer de todos) él se siente renovado, refundado. Sus árboles callejeros vibran como en plena primavera y a veces hasta florecen, pero entonces el peluquero recomienda un buen corte y un baño de crema. A ella no le gustan los períodos de poda   —prefiere verlo indómito—. Tampoco le gusta encontrarlo con todos los semáforos en rojo como a veces lo encuentra cuando sus incursiones camperas han sido por demás prolongadas.

—Hubieras podido quedarte allá bucolizándote.

—La ciudad me atrae, es más fuerte que yo. Mis manos necesitan volver a la tersura de tu asfalto. Qué le vas a hacer, che, soy una viciosa de la calle Corrientes.

Eso a él no le agrada tanto: la calle Corrientes no es su zona erógena favorita. Prefiere la 9 de Julio o Plaza de Mayo pero hay deseos que no pueden ser formulados en voz alta. Ella un día decide permitir la propaganda vial y empieza a escribirle carteles sobre el cuerpo con lápiz de cejas. El silencio es salud, sobre el pecho, o Americano Gancia sobre la nalga izquierda. A él la idea lo divierte durante largos diez minutos pero después se harta y decreta huelga de brazos caídos entre los encoladores de afiches, huelga que se propaga a otras ramas de la actividad urbana y por fin ella se queda sin su premio. Ella decide organizar un levantamiento entre las masas pero no lo logra, sus arengas no obtienen eco alguno. Opta entonces por la venganza, una idea largamente madurada:

—Esta ciudad no me gusta, está vacía. Una ciudad sin habitantes no es ciudad ni es nada.

El sigue durmiendo porque hay toque de queda. Ella sale sigilosamente en medio de la noche, vuelve al alba con un frasquito que deja destapado sobre la cama de él, y se retira a sus tareas habituales.

Pero no está contenta y piensa: de la ciudad grande, la que transitamos todos, nosotros somos las pulgas. Y qué si ahora a la ciudad se le diera por rascarse como debe de estar rascándose él. ¿Y qué si se le da por matarnos de una palmada o reventarnos entre las uñas? Con razón en Tribunales suelen quemar gamexane.

Y se pone a llorar sin consuelo en medio de la calle mientras él en su casa deja de golpe de ser ciudad y se convierte en perro, en inconsciente homenaje literario.

Pequeña historia obviable

Nico vivía justo pasando el puente de la General Paz, pero qué puente. No el de Libertador ni el de Cabildo sino uno mucho más arriba y eso fue lo primero que entusiasmó a Liliana. Un hombre de otro mundo, un extraurbano. Las chicas del frigorífico habían acabado por envidiarla cuando ella les contaba las peripecias del viaje en colectivo hasta la casa de Nicolás, bordeando la quema.

El hecho de que las chicas le envidiaran el viaje no quería decir que le envidiaran a Nicolás, porque Nico era bizco. Apenitas un poco estrábico pero lo suficiente como para que las odiosas chicas del frigorífico lo criticaran a espaldas de Liliana. Con Liliana delante solían largar alguna pulla del tipo *Este muchacho tiene una mirada de lo más romántica, parece como concentrado en sus propios pensamientos, ¿viste?* y cosas por el estilo, pero Liliana volvía a describirles una nueva odisea en colectivo y les tapaba la boca. Lenguas viperinas que hablan de pura envidia no más. Nico en cambio no veía nada glorioso en ese viaje, él que tenía que hacerlo dos veces por día todos los días cuando no cuatro porque Liliana era de las que pretendían que el novio las acompañara de vuelta a casa. Esta es capaz de contarte la aventura de un paseo en calesita, les decía Nico a sus compañeros de la sección achuras, no sin cierto orgullo. Y los compañeros de la sección achuras no se reían de él porque a pesar de estar rodeados de entrañas no tenían mala ídem. En cambio, la madre de Nicolás no podía ver con buenos ojos una novia venida de zonas tan

75

distantes no sólo porque ella también era bizca como su hijo (más que un defecto, una gracia) sino y sobre todo porque no podía creer que alguien se llegara tan lejos por el solo interés de estar con Nico. Aquí hay gato encerrado, pensaba la madre de Nicolás aún sabiendo que Liliana y su hijo eran compañeros de trabajo, ella eso sí de la sección empaque. Pensó que quizá el nene le pasaba de vez en cuando una tripa gorda que bien podía ser la debilidad de ella, pero no, la debilidad de ella eran los vermicelli alle vongole que nada tienen que ver con las achuras. Una madre siempre debe estar llorando por su hijo, opinó la madre de Nicolás mientras picaba cebollas. Una madre siempre debe estar alerta y no dejar que se cuele la ignominia.

Liliana empezó a pensar lo mismo al décimo día de atraso cuando se dio cuenta de que en su vientre palpitaba —palpitaría— otra vida. Dudó entre hacerse un aborto y pedirle a Nico que se casara con ella. Temió perder tantas cosas casándose, el viaje en colectivo, por ejemplo, porque lo lógico sería que Nico viniera a vivir a casa de ella que estaba tan cerca del trabajo. Empezó a preguntarse si lo quería y decidió que sí a pesar de su bizquera, de su fertilidad y de otros defectos que sería largo enumerar.

Nicolás se puso muy feliz cuando ella le habló de casarse y del crío y eso, pero se negó terminantemente a vivir en casa de ella —una especie de conventillo, imagínese— cuando él tenía su casita propia con patio y madre.

A la vieja casi le da un soponcio al enterarse de la noticia, pero se la aguantó como buena italiana propensa a la legalidad. El casamiento sería por iglesia no como la hija de Eloísa que el novio vino a buscarla con toda pompa y ella salió de gran traje blanco pero sólo para disimular frente a los vecinos porque el tipo era divorciado y la piba ahora es como una infeliz mantenida; al menos su Nico se casaría por iglesia, un consuelo después de todo. Vieja beata ridícula, se dijo Liliana pero igual se hizo vestido blanco, un poco amplio eso sí porque la panza iba a seguir creciendo.

Es decir que: Liliana resplandeciente en su vestido de volados de organdí con mangas murciélago y Nicolás pura Casa Martínez, chaqué con todo, y las chicas del frigorífico tragándose por una vez la envidia, vertiendo lágrimas y tirando arroz que es como lágrimas solidificadas, la petrificación germinativa de las lágrimas.

Al tiempo nació Nicolasito, igualito a la abuela, pobrecito, el mismo bigote pero por suerte con ambos ojos en su eje correcto. Un año después llegó Mariana para alegrar el hogar de los Venturi. Y ya basta, con el casalito alcanza, la familia tipo, y los chicos crecen extramuros, desmedidamente suburbanos, mirando cómo a su vez crece la ciudad frente a ellos, al mismo tiempo que ellos aunque la ciudad les lleva unos siglos de ventaja y kilos de desventajas.

El es Dí

El es Dí pero le gusta (y suele) ser tantas otras cosas. Crece y es Didí, es Tri, es Tetra. Creciendo creciendo puede llegar a ser Dios, pero prefiere otras transformaciones, otras manifestaciones de su ser díico.

Con ella se encontró a mitad de cuadra —por raro que parezca— en momentos en que él era Dionisio, nuevo dióscuro. Y después de charlar un rato en un café ella empezó a buscar al mellizo de él en las mesas vecinas, temerosa de tener frente a sí tan sólo una de las caras, incompleta, y ansiando la otra. (Esas cosas tiene Dí: da la clave pero que entienda quien pueda.) Es decir que a ella le dijo bien clarito: Dionisio, y ella en vez de mirar para otro lado debió darse cuenta de que la mellicez completa estaba allí sentada a su misma mesa, y sólo había que optar. Dí o Nisio. Tampoco la opción hubiera podido conformarla, ella era de esos seres que lo quieren todo, seres altamente despreciados por Dí que sabe de renuncias. La dejó en el café buscando lo absoluto. Y salió para apoyarse contra otra pared más fértil y proseguir su búsqueda.

Dí se alimenta de paseantes insólitos, y en esta ciudad no tiene que esperar demasiado para saciar su hambre. Los seres más extraños surgen de debajo del asfalto y Dí acecha el momento; basta con estar parado un buen rato en una esquina abarcando con la vista el entrecruzamiento de dos calles para discernir de golpe un leve borbotón en alguna parte del asfalto, una forma redonda que va creciendo hasta alcanzar el tamaño de un huevo y que eclosiona. Muchos automovilistas han aplastado sin saberlo a estos seres extraños antes de su total formación, pero un buen número se salva y cuando nadie los ve —ocultos entre hileras de coches que esperan un cambio de luces— adquieren forma humana y cruzan desaprensivamente la calle por el paso peatonal.

Dí acecha estos gloriosos instantes de nacimiento, y aunque las más de las veces la espera es larga, suele verse recompensado. También se equivoca (de donde sus detractores deducen que Dí es humano). Ese día dejó pasar a varias personas con cara de no estar ahí ni en ninguna otra parte e interpeló al muchachito de melena hirsuta.

—Estoy —le dijo Dí.

—Estoi/co —reflexionó el otro.

—¿Quién sos? —preguntó Dí.

—Quién sos/tuvo la mirada —contestó el otro.

—¿Qué querés?

—Que reciban todos algo.

—En lugar de repetir, ¿podrías decirme tu nombre o es algún embeleco?

—Eco.

—¿Te llamás Eco?

—Ecco.

—¿Y qué estudiás, Eco?

—Economía.

Dí, que no le teme a nada ni aun a las aliteraciones, más bien le divierten, lo invitó a almorzar. Pudo comprobar así —no sin cierto regocijo— que Eco se veía obligado a comer los platos que menos le gustaban por una simple razón de consonancias. Pero al cabo de un buen rato, cuando Eco se hubo comido ya tres postres quizá por imposibilidad de frenar los pedidos en razón de su nombre, Dí se hartó y estuvo a punto de dejarlo de seña, como buen porteño. En fin, que él será Dí pero malo no es, por eso acabó pagando la cuenta —los tres postres incluidos— y salió corriendo para proseguir su búsqueda de ejemplares insólitos pero de otra calaña.

Eso sí, a veces el efecto de ósmosis se produce a la inversa y en lugar de alimentarse Dí de seres estrambóticos uno de esos seres se lo traga a Dí, lo absorbe plenamente y Dí no sufre por eso sino que es feliz en su nueva cáscara, otra forma de Dí integrado en otros sueños (de ahí las historias de Dí alucinando un vuelo interplanetario o un ardiente amor tahitiano bajo los cocoteros). Estas trivialidades no son dignas de Dí, como su nombre lo indica. Por eso luego de permitirse ciertas incursiones culpables por los sueños baratos recupera su forma indefinible pero fácil de reconocer cuando por casualidad lo vemos reclinado contra una pared con los ojos brumosos contemplando el asfalto como si supiera.

El sabor de una medialuna a las nueve de la mañana en un viejo café de barrio donde a los 97 años Rodolfo Mondolfo todavía se reúne con sus amigos los miércoles a la tarde

Qué bueno.

Zoología fantástica

Un peludo, un sapo, una boca de lobo. Lejos, muy lejos, aullaba el pampero para anunciar la salamanca. Aquí, en la ciudad, él pidió otro sapo de cerveza y se lo negaron:

—No te servimos más, con el peludo que traés te basta y sobra...

El se ofendió porque lo llamaron borracho y dejó la cervecería. Afuera, noche oscura como boca de lobo. Sus ojos de lince le hicieron una mala jugada y no vio el coche que lo atropelló de anca. ¡Caracoles! El conductor se hizo el oso. En el hospital, cama como jaula, papagayo. Desde remotas zonas tropicales llegaban a sus oídos los rugidos de las fieras. Estaba solo como un perro y se hizo la del mono para consolarse. ¡Pobre gato! Manso como un cordero pero torpe como un topo. Había sido un pez en el agua, un lirón durmiendo, fumando era un murciélago. De costumbres gregarias, se llamaba León pero los muchachos de la barra le decían Carpincho.

El exceso de alpiste fue su ruina. Murió como un pajarito.

Los Mascapios

Puedo pedirles que se dejen de mascar apio a las tres de la mañana, pero me parece descortés. Al precio que está el apio. Es muy posible que ellos masquen apio en señal de inconformismo y para solidarizarse con la protesta de las amas de casa por el precio de la verdura. O tal vez lo hagan por un sentido de superioridad, para demostrar que ellos pueden comer lo que otros compran tan sólo como regalo de lujo o para lucir de adorno en el ojal.

Son tres y mascan por momentos al unísono o se hacen contrapunto. El estruendo suele ser casi aterrador en el sótano donde nos alojamos. El patrón también duerme con nosotros, es un hombre económico, y la primera noche se despertó espantado creyendo que las ratas le estaban comiendo la mercadería. Que nos comieran a nosotros vaya y pase, pero la mercadería... Las ratas en cambio a nosotros nos dejan en paz, prefieren los garbanzos. De vez en cuando les damos un puñado y ellas nos lanzan miradas de agradecimiento. El patrón no lo sabe, le desespera cualquier gesto de generosidad y cualquier desperdicio. Por eso los Mascapios mascan con tanta fruición sabiendo que aunque perecedera ellos también se están comiendo la mercadería. Sólo que ellos tienen permiso porque debido a los últimos aumentos ya casi nadie compra apio hoy por hoy, el verdulero tendría que tirar el apio que queda sin vender si no fuera porque tres de sus ayudantes —no yo, claro que no— le reciben el apio como parte de pago. El problema va a ser cuando se termine el apio. Porque de otras verduras sonoras a la manducación sólo conozco la zanahoria que a ellos no les gusta o el rabanito, y no se puede decir que el rabanito sea capaz de reemplazar al apio en su calidad de circulante.

Nuestro patrón tiene el sueño pesado y la costumbre fácil, y ya no se despierta más con el cronch cronch de los Mascapios. Acomodado sobre las papas y cubierto de tierra hace caso omiso a ese ruido de trituradoras humanas. Los Mascapios duermen poco, su resistencia al sueño es sorprendente: quizá se deba a alguna propiedad poco estudiada del apio. De todos modos el patrón ya no se despierta y a mí más bien me adormece el acompasado triturar de los Mascapios. Se podría decir que nuestra vida transcurre en la verde paz de la hortaliza si sobre nuestras cabezas no pesara la imponderable inquietud de los vecinos. La verdulería está en la parte baja de un edificio de 13 pisos y de alguna extraña manera vibraciones de miedo se deslizan desde los 13 pisos hasta nosotros. Si sólo supiéramos a qué se deben, si pudiéramos asistir a alguna secreta reunión de consorcio... Pero las reuniones tienen lugar en el lavadero cerrado en lo alto del edificio y nosotros pertenecemos a los sótanos. No tenemos acceso a las terrazas y por eso estamos tan blancuzcos, color nabo; ni siquiera podemos darnos el lujo de un viajecito en ascensor y menos aún saber qué se trata en las reuniones de consorcio. El patrón no se preocupa por esas pequeñeces: los ascensores le dan claustrofobia, las reuniones de consorcio le dan asco y además teme que el dueño del local le aumente el alquiler con sólo verlo (por eso el patrón nunca se baña, para pasar lo más inadvertido posible entre las papas). El negocio marcha bien y está abierto hasta tarde, domingos y feriados inclusive. Nosotros no nos quejamos porque mientras más abierto esté mejor se ventila el sótano y podemos pasar buena parte de la noche sin olerlo al patrón, pero los rumores de inquietud que vienen desde arriba nos perturban el sueño.

Una orden de allanamiento no es más que un papel escrito pero aquí nos tienen, esperando que se den cuenta solitos porque de nada vale gritar nuestra inocencia. Llegaron con la orden y enseguida empezaron a darlo vuelta todo: volcaron los cajones de fruta, metieron las manos como locos en los barriles de garbanzos, descorcharon las pocas botellas de vino que quedaban y se las tomaron con la excusa de ver qué había adentro y al sótano lo revolvieron todo, pisoteando las papas, las cebollas, los nabos y el apio (los Mascapios lloraban). Reventaron los zapallos para ver si estaban ahuecados, sacudieron los manojos de zanahorias esperando que fueran sonajeros o algo parecido. Al grito de denuncia, denuncia, despanzurraron todo lo que les cayó entre manos.

Es cierto que por el barrio habían estallado varias bombas, pero, ¿qué podían estar buscando en la verdulería? Con decirles que al principio tomaron cada pieza de fruta con cautela, la examinaron al trasluz, la escucharon con estetoscopio. Después la furia se les fue desenroscando hasta encontrar su natural forma de expresión que es la patada. Patadas a los cajones de fruta, una que otra a nosotros, hasta que se dieron cuenta de que allí no teníamos armas escondidas ni un poquito de pólvora ni droga ni estábamos cavando túneles secretos ni planeábamos nada o escondíamos a algún terrorista o teníamos tras las montañas de papas una cárcel del pueblo.

Nada de nada pero seguíamos a la sombra. El patrón llora más que por su perdida libertad por la mercadería perdida. La policía se niega a pagar los daños y perjuicios y pretende ahora que el patrón les pague la limpieza de las botas todas pegoteadas. Los Mascapios también lloran y ya presentan síntomas alarmantes por carencia de apio en la sangre. Esto es un desastre no sólo moral sino económico y yo exijo que nos den una explicación hasta que por fin el comisario se digna abrir el calabozo y así sabemos de la denuncia de los vecinos que creían que les estábamos taladrando el edificio. A las tres de la mañana, todas las madrugadas. Un ruido como de tren en marcha que no cesó al ponernos a nosotros a buen recaudo. Total, los Mascapios habían sido reemplazados por las ratas que daban buena cuenta de la mercadería despanzurrada.

Ahora han apuntalado el edificio y hemos vuelto a la calma. Los Mascapios están sueltos pero amordazados de noche. Las ratas están en cana. Se dice por ahí que las usan para extraños experimentos, para torturar a los presos políticos; poco lograrán de ellas, son ratas macrobióticas y pacifistas. Las extrañamos mucho pero no nos animamos a reclamarlas, no sea cosa que nos las devuelvan enviciadas.

Puro corazón

Nadie sospechó nada en Buenos Aires cuando empezaron a aparecer los carteles. *El amor, un león que come corazón*. Bonito, ¿no?, más bien poético y hasta infantil si se quiere. Y cuando llegaron los 5.000 eminentes cardiólogos para el congreso mundial nadie, pero lo que se llama nadie, ató cabos y empezó a llamarlos leones, o señores del amor o algo parecido. Los cardiólogos empezaron a pasearse frente a plaza San Martín con paso más bien lánguido, sin naturalmente cruzar a la vereda del sol para no coagularse: participaron en simposios, conferencias magistrales, sesiones plenarias, demostraciones prácticas y teóricas, departieron amablemente con el periodismo local.

Cinco mil cardiólogos en esta ciudad del sur, tan lejos del mundo que avanza, oh tan lejos y por ende tan incontaminada. Resultado de lo cual los grandes potentados de las grandes potencias deben de estar cuidando sus excesos y midiendo no sólo el número de sus cigarrillos diarios sino también el de sus actos de amor y el de sus ansiedades. Ansiedades calibradas para los importantes del mundo y decisiones pospuestas porque los cardiólogos más notables (*sus* cardiólogos) están todos en la ciudad del sur y no es cuestión de permitirse ni la menor extrasístole así, desprotegida.

El mundo en suspenso con los latidos puestos en esta Buenos Aires donde se ve fluir a los cardiólogos por las arterias céntricas hasta llegar a alguna parrillada. Como único menú piden morcillas al plato y las saborean mientras sueñan con trasplantes. Desconocen, naturalmente, el poder alucinatorio de la morcilla criolla que nada tiene que envidiarles a otros productos foráneos y cuando empiezan a notar los primeros síntomas ya es tarde, han entrado en el delirio pleno. Cierto cardiólogo empieza a remar con los brazos remontando el torrente sanguíneo de la ciudad hasta llegar al ventrículo izquierdo ubicado en el teatro San Martín. Allí se encierra en una cabina telefónica y disfrazado de pitonisa empieza a evacuar las consultas de corazón y a dar consejos para retener amores. Poco a poco se va corriendo la voz y mujeres de todos los puntos de la urbe acuden para pedirle ayuda. El, como miembro activo del Congreso de Cardiología hace lo que puede pero tiene que delegar gran parte de la responsabilidad en sus colegas más jóvenes que han venido a asistirlo (o quizá hayan venido a disuadirlo pero una vez enterados de su noble tarea se han visto en la obligación de alentarlo, secundarlo, reemplazarlo, siendo todos ellos también miembros activos dentro de lo que cabe —y cabe bastante si me está permitida esta nueva digresión—. Miembros activos; débil es la carne, el corazón, los cuerpos cavernosos, las membranas).

...y el mundo entero en suspenso, como reteniendo el aliento por temor a un infarto. Buenos Aires: la isla.

Otras derivaciones inesperadas: con cada operación en el anfiteatro de la Facultad de Medicina se cortan por analogía las arterias de comunicación aérea con el resto del orbe. Ya estamos cortados de la mitad del planeta y la vida prosigue en forma casi artificial, como en un pulmotor.

La Célula lo sabe. Ellos lo tienen todo planeado y nosotros los dejamos hacer porque ni siquiera sospechamos cuáles son sus fines y menos aún sus principios. Pero principios tienen, no nos cabe la menor duda, por eso comenzaron su acción secuestrando por una parte a los cardiólogos y por la otra poniéndoles doble carga de alucinógeno a las morcillas. Las morcillas. No lo olvide. La segunda parte del operativo consistió en la denuncia de un complot quizá urdido por ellos mismos. Se trataba de formar un banco de sangre en el interior del país para llevar el buen plasma telúrico a los países supercivilizados, exangües, que piden a gritos una transfusión gaucha. Ese fue otro cantar, quizá ajeno a los cardiólogos que saben mucho del órgano pero no del vital elemento que el órgano dispersa.

Tanta digresión nos aparta de la morcilla cargada, y este informe debe ser una pieza de absoluta objetividad, una cámara oscura.

Es decir que: el Congreso por fin llegó a su término, las ponencias fueron empolladas, surgieron unos nuevos embriones de ideas, y todos bien dispuestos para retornar a sus respectivos países donde por fin los altos dignatarios podrían permitirse el lujo de una angina péctoris o de una buena trombosis coronaria, si no fuera porque:

a) las vías de comunicación con el exterior estaban estranguladas como ya explicamos anteriormente y no había by-pass posible;

b) el número de cardiólogos visitantes se hallaba incompleto y faltando ciertas piezas esenciales se hacía imposible empezar la partida;

c) los enmorcillados sumos se negaban a irse.

Parte de este estudio intenta trazar la vida de esos happy few que eligieron Baires para hacer su nido. Querríamos dar un informe completo y exhaustivo de las actividades de estos cardiólogos que se fueron internando por el cuerpo de la ciudad para auscultarla. Pero resulta tarea imposible: estetoscopio en mano parece que se fueron alejando poco a poco del radio céntrico hasta llegar a esos confines que no explora la guía Peuser. Allí detectaron latidos más intensos y encontraron el punto exacto donde la ciudad no necesita marcapasos. Catéter en ristre se nos perdieron los cardiólogos por esas calles de dios o del diablo y nosotros creyendo que blandían otra cosa. Y emprendimos la búsqueda:

—Pienso que podríamos encontrar a alguno de ellos por las palpitantes regiones de Villa Cariño.

—Nuestra patrulla ya cubrió Palermo y no hallamos ni rastros.

A gran velocidad se organizaron las mentadas patrullas para descubrir el paradero de los cardiólogos desaparecidos, todos ellos sabios de palabra rectora, mirar avieso y dedos con la rapidez y la fineza de un pico de garza. Fueron justamente estos últimos los que con mayor velocidad encontraron una tarea acorde con sus acrisoladas capacidades. (Una vez terminado el Congreso, los cardiólogos dispersos por el radio urbano debieron encontrar medios de subsistencia ajenos a la práctica de su especialidad hipocrática.) Los habilísimos cirujanos se volcaron al punguismo. Los otros, los teóricos, debieron rebuscárselas de distintas maneras mientras las incansables patrullas despliegan una operación rastrillo muy digna de encomio: bajo tierra se busca a los que podrían haber sido víctimas del secuestro terrorista, por el aire se persigue a los muy volados.

Rastrillan las patrullas tratando de no arrancar ni una gota de sangre a Buenos Aires que es puro corazón, pobrecita. La tarea es ardua sobre todo porque el pueblo les ha ido cobrando simpatía a los cardiólogos réprobos que han renunciado a ser facultativos de lujo para dedicarse a menesteres más cercanos a la tierra. Las patrullas olfatean como sabuesos por toda la República mientras reciben cables de Interpol conminándolas al éxito. El pueblo mientras tanto ampara y oculta a estos sabios que les abren nuevas vías al corazón, pasando a veces por el sexo (el cardiólogo austríaco, vg., que inventó la máquina de amar para reducir al mínimo la actividad cardiovascular en el orgasmo). La vía brasileña al corazón ha sido forjada sobre el cuerpo de víctimas inocentes y lleva ritmo de samba, el modelo peruano es más bien gastronómico con cocción de anticuchos, el imperialismo yanqui se manifiesta a pesar suyo intentando colonizar los corazones tiernos, los rusos han logrado unificar el número de sístoles y diástoles entre aquellos que residen en su zona de influencia, el gobierno argentino ha nacionalizado las heridas para que al menos las bocas de expendio queden bajo su control.

Mientras tanto las patrullas continúan con la operación rastrillo (llamada Operativo Estetoscopio) para tratar de hallar a los eminentes cardiólogos que tienen paralizado al mundo y conmovida a la Argentina. Como se viene anunciando en distintas entregas de este informativo, la resistencia se ha organizado con suma celeridad y la búsqueda promete ser ardua. Desde nuestra tribuna seguimos paso a paso el Operativo Estetoscopio, para mantener así a nuestros queridos radioescuchas informados al minuto. Y es en pos de la nota distinta que hemos llegado con nuestro equipo móvil hasta el mercado Dorrego, donde las amas de casa seguramente tienen algo que decirnos:

—Amable señora, querríamos que nos refiera frente al micrófono si ha notado alguna diferencia al hacer sus compras cotidianas desde que se inició esta caza al cardiólogo.

Señora 1.— ¡Y cómo no la voy a notar, y cómo! Están pasando cosas muy sospechosas. Con decirle que ya no se encuentra corazón de ternera por ninguna parte. Me paso el día entero buscando por todos los mercados y todas las carnicerías aunque mi marido proteste, y nada. Si hasta escasea en las boutiques de lujo donde últimamente se lo encontraba a precio de oro. Nada, ¿vio?, ni un gramo de corazón en toda la ciudad y mis pobres gatitos medio muertos de hambre; ellos tan finos que sólo le prueban el corazón y ni una comidita más. Y ahora no tengo con qué alimentarlos. Después, si hago alguna locura no me vengan a culpar a mí. Son los cardiólogos los que han impulsado mi inocente mano, vaya una a saber para qué quieren los corazones, qué estarán guisando.

Señora 2.— Porque le diré, don, que se dicen por acá cosas muy feas de esos cardiólogos. Que usan los corazones para fines extrañísimos. Sobre todo para cierta ceremonia de resurrección que los tiene muy preocupados. Algunas estarán de acuerdo, pero yo opino que hay que intensificar la búsqueda y encontrarlos cuanto antes.

Señora 3.— ¡Pero qué los van a encontrar! Mi hijo, que estudia medicina, le diré, opina que ellos han descubierto la fórmula para hacerse invisibles. Algo que ver con la linfa, usted transforma toda su sangre en linfa que es incolora aun en contacto con el aire y ya está. Le digo, ser invisible es sólo cosa de la linfa.

Señora 2.—Quién nos dice, doña, que no hay un cardiólogo acá mismo riéndose de nosotros y tramando alguna cosa horrible.

Señora 3.— ¡Dios nos libre y guarde!

Dios está recuperando imagen en estos días, entre las mentes acientíficas y también entre las otras. Todo a partir del reportaje radial que reprodujimos en su debido momento (este informe debe ser lo más completo posible) sin darle sin embargo la importancia que cobraría con el correr del tiempo y sucesivas retrasmisiones. Surgieron así dos interpretaciones distintas y equidistantemente erróneas de lo comentado por las señoras al salir del mercado.

a) Fue la invisibilidad linfática lo que más dio pábulo para los comentarios. Aclaremos: la señora 3 dijo: "Ser invisible es sólo cosa de la linfa" y los radioescuchas, y los escuchas de los radioescuchas y los escuchas de los escuchas de los radioescuchas, entendieron ninfa y fue así que se inició el culto a la fuente de Lola Mora que sociólogos y teólogos de épocas futuras no sabrán interpretar. Si la ninfa vuelve invisible, hay que adorar a la ninfa. Al menos la adorarán aquellos de entre nosotros que alguna vez en su vida hayan deseado pasar más que inadvertidos.

El de la fuente de Lola Mora es un culto diurno y casi benéfico. Dada la ubicación poco céntrica de la fuente de marras los oficiantes pueden reunirse sin ser molestados y practicar sus ritos de adoración que poco a poco se van convirtiendo en verdaderas bacanales. La policía no cuenta en estos momentos con efectivos suficientes como para controlar los excesos, o quizá la verdad sea otra: la policía cuenta cada día con mayor número de efectivos pero teme perderlos en la proximidad de la fuente, por invisibilidad o más bien por contagio (pues si bien un policía invisible puede ser tremendamente útil en el cumplimiento de sus funciones específicas, también hay que reconocer que resulta difícil controlarlo y nunca se sabe si lucha en nuestro bando o en el contrario).

Total que se impuso la necesidad de otorgarles un cierto margen de libertad a los lolamoristas, los del a) culto diurno, y por lo tanto tampoco se pudo interferir con sus contrincantes, los del b) culto nocturno.

Y eso que los del b) culto nocturno resultaron en definitiva bastante maléficos. Con decirle que empezaron reuniéndose en ciertas casas abandonadas, en barrios apartados —en particular una o dos tétricas mansiones de madera en pleno Tigre— para invocar con cánticos diversos y ululantes la presencia de vampiros. Así interpretan ellos la invasión de cardiólogos: amantes de oscuras potencias relacionadas con el vaivén de la sangre y sus transfusiones sin intermediarios.

Ahora por las noches en determinadas esquinas surgen pequeños túmulos de piedras rojas para oficiar una invocación a los vampiros. Muchos ciudadanos opinan que han oído un extraño ulular en las noches sin luna que les hiela la sangre pero siempre aparece algún escéptico que atribuye el ulular no a los vampiros sino a las habituales sirenas de camiones celulares. Y cada vez son más los que se arriman subrepticiamente a los túmulos para hacer su ofrenda consistente en una morcilla fresca. Al rato los gatos de albañal devoran la morcilla y eso es lo que corresponde porque como todo el mundo sabe los gatos son los emisarios del vampiro. (Por la noche los adeptos a la secta nocturna de la sangre negra llevan las morcillas a los túmulos —y fueron las morcillas las que desencadenaron esta relación de hechos—, al llegar la mañana han desaparecido las morcillas.) Los lolamoristas diurnos alegan que también la morcilla se ha convertido a la verdadera fe y se ha vuelto invisible de puro solar y transparente, no más. Los de la secta oscura no ignoran el trabajo de los gatos. Y este encontronazo de los dogmas generaría una verdadera guerra religiosa de no ser por una cuestión casi fotométrica: los vampiristas no toleran la luz para su incursión en lo sagrado, los lolamoristas no profesan en la noche.

Morcillas invisibles o morcillas alimento de los gatos, el hecho es que las morcillas desaparecen y esto no es tolerable para este nuevo mito generado en ellas. Es por eso que ahora reina radiante la inefable morcilla filosofal en plena Plaza de la República, bajo un fanal tallado. No se puede decir que sea un monumento por demás estético pero por suerte tampoco es maloliente, gracias al fanal que en realidad es una cápsula de vacío dentro de la cual se conserva la morcilla gigante hecha con la sangre de tres toros campeones de raza Aberdeen Angus, y algo más. Muchos machos proteños se han identificado con la morcilla y le llevan pequeños ramilletes de flores oscuras. Por la ciudad se corre la voz de que la sangre de los tres toros campeones era RH negativo pero eso no puede ser comprobado y además, ¿qué importancia tiene? Lo principal es que de puro renegrida absorbe las luces que tienen la osadía de pretender brillar en sus inmediaciones y ya se han estrellado contra el pedestal varios conductores que intentaron circunvalarlo en coche.

Los lolamoristas están verdes de envidia por un problema catastral ya que la morcilla ocupa el lugar más álgido de toda la metrópoli, claro que el verde se les nota poco ahora que están accediendo a la invisibilidad tan anhelada. Con todo, ya nadie habla de los 5.000 cardiólogos. Es posible que se hayan invisibilizado antes que nadie, o se los hayan comido los vampiros, o se hayan vuelto simplemente a sus respectivos países para permitirles a los jerarcas el lujo de un infarto a buen recaudo.

Es así como el puesto de anticuchos ha quedado abandonado, ya nadie responde a las consultas de las pobres damiselas con el corazón partido, los punguistas de dedos brujos han desaparecido de los colectivos, ya nadie hace funcionar el recién descubierto marcamalospasos.

El final de este informe es bien triste y hasta puede ser sangriento: bastaría que alguien ponga una bomba de tiempo en el banco de sangre o que finalmente los adoradores diurnos se vean interceptados por los nocturnos en un no lejano mediodía de eclipse.

Escaleran

¿Acaso no necesita usted alquilar una escalera? Hay que nivelar hacia arriba, nos dijeron, y no hay duda de que todos aspiramos a llegar más alto pero no siempre poseemos medios propios para alcanzar la cima, por eso a veces nos vemos necesitados de una escalera idónea. Nuestra fábrica le ofrece todo tipo de escaleras, desde la humilde escalera de pintor hasta la fastuosa escalera real hecha de un mismo palo. Un palo muy bien tallado, claro, palo de rosa por ejemplo o palo de amasar (¡de amasar!) para esposas autoritarias como la mía. Aunque el autoritarismo no está permitido en nuestras plantas donde impera, eso sí, la tan mentada verticalidad. Desde un punto de vista práctico no sabemos muy bien qué significa esa palabra, pero en lo que a escaleras respecta, la verticalidad es la norma. Cuando quisimos fabricar escaleras horizontales para nivelar a nivel, los obreros se sublevaron e hicieron huelga alegando trabajo insalubre y distanciamiento del dogma. No hicimos demasiados esfuerzos para ganarlos a nuestra causa porque nos dimos cuenta de que las escaleras horizontales no tenían mucha salida en los comercios del ramo, ni aun tratándose de escaleras alquiladas que no significan una erogación excesiva. Según parece, todos aspiran a trepar, escalar, ascender, y no quieren saber nada con eso de avanzar prudentemente a una misma altura.

La primera escalera horizontal que fabricamos se la llevé de regalo a mi señora, pero ella no quiso ni enterarse de su uso específico y la convirtió en portamacetas. Mi señora siempre me desalienta en las empresas más osadas. No siempre tiene razón, como cuando se opuso terminantemente a la fabricación de escaleras de bajar. Dijo que nadie iba a comprarlas porque requerían una fosa y pocos son los que tienen fosas en sus domicilios particulares. La pobre carece de imaginación: no supo darse cuenta de que la plaza está colmada de contreras que pretenden bajar cuando el gobierno insiste en que se suba. Mientras duró la modalidad de las escaleras de bajar la fábrica prosperó mucho y pudimos abrir la nueva rama: escaleras giratorias. Son las más costosas porque funcionan con motor pero resultan ideales para deshacerse de huéspedes no deseados. Se los invita a una ascensión, y la fuerza centrífuga hace el resto. Con estas escaleras giratorias logramos desembarazarnos de muchos acreedores pero mi señora, siempre tan ahorrativa, erradicó las escaleras giratorias de nuestro hogar y también de la fábrica alegando que consumían demasiada electricidad.

Todavía nos llegan algunos pedidos del interior. Les mandamos en cambio escaleras plegadizas que caben en un sobre grande. Pero por desgracia he de admitir mi derrota y, aunque todo esto lo narre en presente, son cosas del pasado. Mi señora acabó sintiendo celos por las escaleras de todo tipo y por eso confieso que escal/eran. Ya no son más.

Vacío era el de antes

Lo bueno de los mediodías grises es el olor a asadito que se escapa de las obras en construcción. Ahora bien, me pregunto qué pondrán los obreros sobre sus parrillas. Antes la cosa era simple: asado de tira, tan sabroso y tan útil para hacer con los huesitos el acabado fino del palier. ¿Y ahora? Nuevos materiales sintéticos han reemplazado a los huesitos tan vistosos, y además siempre hay veda de carne. Pero el olor a asado forma parte indispensable de las obras en construcción y no hay edificio que adelante si no se lo consagra con los vahos de la parrilla.

Las cosas ya no vienen como antes: el acabado fino con mosaico de huesitos ha caído en desuso y los albañiles no trabajan como en otras épocas por culpa de la mala nutrición y de las huelgas. Ahora todos los cucharas y los media cucharas desprecian las obras en barrios populares y tratan de conchabarse por Palermo Chico o en la zona aledaña a Callao y Quintana. Saben que allí la última moda son los ángulos adornados con huesos de bife de costilla, y eso vale más que un doble aguinaldo. Claro que cuando logran, después de paciente espera y de uno que otro empujoncito, ser tomados en alguna de esas obras, la cruda realidad nada tiene de edificante a pesar de tratarse de un edificio en contrucción. Es decir que: en esos rascacielos de superlujo nada puede ser librado al azar y entonces una legión de peladores de huesos de bife de costilla se apersona a la hora indicada que es la del mediodía y se apresta 1º a devorar los bifes y 2º a dejar los huesos perfec-

tamente pelados y pulcros, listos para ser colocados sin el consabido tratamiento a la cal viva que deteriora las tonalidades rosadas.

Para ingresar en este equipo de peladores se requiere una dentadura tan perfecta y filosa que pocos pueden ser los elegidos. Cada vez menos, si se tiene en cuenta además la escasez no sólo de bifes de costilla, sino también de construcciones de superlujo a partir de los tres últimos desmoronamientos. (No puede decirse que la falla sea imputable a los ángulos de hueso en el hall de entrada o en los salones. El hueso es, como se sabe, el material de construcción más resistente que se encuentra en plaza, si es que se encuentra.) (En las altas esferas de la Cámara de la Construcción se habla de conseguir huesos de procedencia ajena al ganado vacuno pero los obreros —aun los de los equipos especializados que fueron elegidos por la agudeza de sus dientes y no por la finura de su paladar— se niegan a limpiarlos.) Ya se ha creado una liga de protección al mejor amigo del hombre, que junta fondos por la calle Florida. La preside un grupo conspicuo de obreros de la construcción en defensa de los perros, hasta de los hidrófobos. No se sabe si los impulsan motivos de moral o de simple sabor, sin embargo la Cámara de la Construcción nada puede contra esta campaña a la que ya se han adscripto varias sociedades de damas de beneficencia del barrio norte (el subcomité Pulgas, con sede en Avellaneda, lucha con creciente fervor por la protección del can y ya ha recibido una medalla del Kennel Club International y otra de la asociación Happy Linyeras con asiento en Nebraska). La Cámara de la Construcción se reúne a diario para tratar esta inesperada consecuencia del desabastecimiento.

En los barrios menos aristocráticos la parálisis de la construcción es imputable más a la falta del olor a asado que al desabastecimiento de huesitos, reemplazables como ya dijimos por sucedáneos plásticos. La ausencia del

olor a asado y el bajo índice de productividad de los
obreros por falta de proteínas son también tema obligado
en toda reunión de directorio. Hasta se ha apelado a
técnicos extranjeros que estudian el problema desde todos
los ángulos. Y precisamente el técnico más imaginativo e
informado dio por fin con una solución bien argentina: el
vacío. Gracias al vacío y a bajísimo costo (¡costo nulo!) se
puede de ahora en adelante engañar el estómago de la
masa obrera y sahumar los futuros rascacielos. Por eso
digo que es bueno en los días grises, los de mucha niebla,
pasar frente a las obras en construcción y percibir el
olorcito a asado. En días resplandecientes, no: resulta más
bien triste entrever por algún hueco de la tapia las brasas
ardiendo bajo las parrillas y sobre las parrillas, nada.

Historia verdolaga

Se construyeron muros para contener la pampa pero cierta vez una semillita pudo más que todas las toneladas de cemento juntas. Aunque eso de poder más es algo sumamente subjetivo que permite una vasta gama de interpretaciones. El hecho objetivo es el siguiente: los muros no dejan pasar ni un atisbo de pampa pero son incapaces de contener el viento que se escurre entre las grietas. El viento es muy individualista pero las semillitas de cardo son tenaces y por fin una pudo colarse dentro del viento para atravesar el muro y acceder a la zona urbanizada. Ahora vemos un cardo nacido de no se sabe dónde e instalado en medio de una ciudad que ha erradicado el verde por decreto.

Al principio fue fácil. Todos evitaban bajar la vista al pasar esa esquina, pero ahora que el cardo ha crecido bastante —favorecido por las lluvias tan sorprendentes en esta época del año— ya no es tan sencillo evitar la zona de la ciudad donde se encuentra, sobre todo para quienes trabajan en los rascacielos aledaños y no pueden menos que deslumbrarse de refilón por las radiaciones del verde.

El intendente está que se lo llevan los demonios. Piensa en todo el dinero invertido para que los semáforos pasen del rojo al azul y ahora ocurre esto...

(Nadie se anima a arrancar el cardo, aun poniéndose anteojos de soldar, por miedo de contaminarse con el color a causa de las espinas).

Ahora acaba de aparecer un nuevo decreto en el Boletín

Oficial diciendo que extraoficialmente todo nos está permitido siempre y cuando no se cometan abusos. Con esto esperan que algún sacrificado ciudadano nos libere del cardo. A mí eso de los abusos me huele muy mal, se lo puede interpretar de cualquier manera y más vale quedarse en el molde hasta que la notificación sea más explícita. Pero la mayoría de los ciudadanos se sintieron liberados, sensación que apenas conocen los menores de 15.

En el '60 se declaró el estado de guerra interna y como la procesión va por dentro dicho estado nunca fue oficialmente levantado por la misma razón de que nunca había sido oficialmente impuesto. Son los rumores lo que más pesa sobre nuestras cabezas, rumores engendrados por el miedo, y frases que a veces empiezan como simple broma van creciendo y creciendo hasta dejar un tendal de víctimas por rúbrica. El ejemplo de ese color ahora inmencionable es quizá el más ilustrativo: todo empezó porque alguien adujo que al presidente de entonces no le gustaba que en su presencia se contaran chistes subidos de tono, chistes ...des. Luego, el presidente que le sucedió en el cargo tenía una hija medio demacrada a quien ese color no le sentaba, y se decidió suprimirlo de la moda femenina. Al cabo de un tiempo la mujer de un ministro fue vista con otro hombre en actitudes equívocas en un parque, y de inmediato parques, plazas y demás espacios ...... fueron borrados del distrito federal. Llegó por fin aquel intendente que proscribió la pampa por motivos nunca bien explicitados y por último se cambió el color de los semáforos y todo estaría en orden de no ser por el cardo. El cardo perturba nuestras vidas, nos trae recuerdos. Hasta hay quienes ahora se permiten añorar las mesas de billar o los hipotéticos beneficios de la clorofila. Todo por un pequeño cardo hirsuto, feo, que sin embargo muchos ven de radiante belleza. Con decirles que ya se ha constituido una secta secreta bajo el signo del cardo que entró últimamente en tratativas con los separatistas escoceses. Empezaron persiguiendo fines nobles: libertad de color y de credo, justicia social, igualdad de sexos. Poco a poco se están fanatizando. Ahora pretenden, en caso de triunfo, imponer el verde como uniforme obligatorio a todos los ciudadanos y como bebida nacional el jarabe de yerba mate.

El gobierno ya está sintiendo cierta afinidad con este grupo disidente y se habla de una alianza a corto plazo. Mientras tanto —amparándose en el edicto de permiso extraoficial— nutridos grupos de ciudadanos hacen peregrinaciones al santo cardo y le llevan ofrendas de abono animal obtenido de contrabando. Han tenido la brillante precaución de cubrir el cardo con un lienzo blanco, para no deslumbrarse, y pacientemente organizan procesiones y cánticos a la espera de la amnistía que les permitirá descubrir el cardo como el gran monumento a la pacificación nacional.

La marcha

El vendedor de pochoclo saca rápido el carrito de en medio porque cuando los muchachos avanzan no los para ni siquiera la noble institución alimenticia —ni el recuerdo del maíz, ese fruto americano, ni nada—. Cuando los muchachos avanzan con los estandartes en alto no miran para abajo, ignoran que a fuerza de avanzar van a desgastar por fin el pavimento y en una de ésas surge algo de verdad valioso.

No avanzan en grupos homogéneos sino a borbotones ligeramente distanciados entre sí quizá por sutilezas en la interpretación del dogma. Pero el desgaste del pavimento es uniforme y en los momentos de silencio se le puede empezar a notar cierto tinte terroso. Es un engaño. El tinte viene de lo que la muchachada trae pegado a la suela de las alpargatas. Ellos tienen memoria de la piel para adentro. De la piel para afuera en general se dejan atrapar por las promesas y así los vemos con la mirada en alto y arrastrando los pies, arrastrando los pies que es lo único bueno.

Avanzan (y eso también parecería bueno) pero se sabe que en medio de su ruta hay una mole frente a la cual detendrán sus pasos. La muchachada camina como si nada pudiera detenerla pero tienen una meta fijada de antemano y es allí donde el hecho se vuelve inexplicable porque no deja cabida a la imaginación ni a la esperanza.

La mole es el altar, es el resplandor como de puesta de sol al final del camino. Sólo que el camino sigue y quizá ellos lo sepan aunque vayan con la mirada en alto y no

111

busquen la tierra. Cantando ellos avanzan y con suerte el vendedor de pochoclo ha sido un visionario: esta marcha no se va a detener, y hay cosas que no pueden ser retiradas del camino.

Política

Una pareja baja del tren en Retiro. Tienen las manos ocupadas: de la izquierda de él y de la derecha de ella cuelgan sendos bolsos. La izquierda de ella y la derecha de él están enlazadas. Miran a su alrededor y no entienden. Las manos enlazadas se desenlazan, él se enjuga el sudor de la frente, ella se arregla la blusa. Vuelven a tomarse de la mano y caminan varios metros hasta la calle. Recién llegados del interior. Traen la información. Nadie ha ido a recibirlos. Se pierden en la ciudad, desaparecen para siempre y nunca más serán identificables a partir del momento en que se soltaron las manos, poco después de la llegada a Retiro. Las manos no se vuelven a juntar en la ciudad —o muy esporádicamente— y la información se diluye en los gases de escape y queda flotando por ahí con la esperanza de que alguien, algún día, sepa descifrar el código.

Crónica
de una
muerte
anunciada

El lugar de su quietud

> "Toda luna, todo año,
> todo día, todo viento
> camina y pasa también.
> También toda sangre llega
> al lugar de su quietud".
>
> (Libros del Chilam-Balam).

Los altareas han sido erigidos en el interior del país pero hasta nosotros (los de la ciudad, la periferia, los que creemos poder salvarnos) llegan los efluvios. Los del interior se han resignado y rezan. Sin embargo no hay motivo aparente de pánico, sólo los consabidos tiroteos, alguna que otra razzia policial, los patrullajes de siempre. Pero oscuramente ellos deben saber que el fin está próximo. Es que tantas cosas empiezan a confundirse que ahora lo anormal imita a lo natural y viceversa. Las sirenas y el viento, por ejemplo: ya las sirenas de los coches policiales parecen el ulular del viento, con idéntico sonido e idéntico poder de destrucción.

Para vigilar mejor desde los helicópteros a los habitantes de las casas se está utilizando un tipo de sirena de nota tan aguda y estridente que hace volar los techos. Por suerte el Gobierno no ha encontrado todavía la fórmula para mantener bajo control a quienes no viven en casas bajas o en los últimos pisos de propiedad horizontal. Pero éstos son contadísimos: desde que se ha cortado el suministro de energía ya nadie se aventura más allá de un tercer piso por el peligro que significa transitar a oscuras las escaleras, reducto de maleantes.

Como consuelo anotaremos que muchos destechados han adoptado el techo de plexiglass, obsequio del Gobierno. Sobre todo en zonas rurales, donde los techos de paja no sólo se vuelan a menudo por la acción de las sirenas

115

sino también por causa de algún simple vendaval. Los del interior son así: se conforman con cualquier cosa, hasta con quedarse en su lugar armando altares y organizando rogativas cuando el tiempo —tanto meteoro como cronológico— se lo permite. Tienen poco tiempo para rezar, y mal tiempo. La sudestada les apaga las llamas votivas y las inundaciones les exigen una atención constante para evitar que se ahogue el ganado (caprino, ovino, porcino, un poquito vacuno y bastante gallináceo). Por fortuna no han tenido la osadía de venirse a la ciudad como aquella vez siete años atrás, durante la histórica sequía, cuando los hombres sedientos avanzaron en tropel en busca de la ciudad y del agua pisoteando los cadáveres apergaminados de los que morían en la marcha. Pero la ciudad tampoco fue una solución porque la gente de allí no los quería y los atacó a palos como a perros aullantes y tuvieron que refugiarse en el mar con el agua hasta la cintura, donde no los alcanzaban las piedras arrojadas por los que desde la orilla defendían su pan, su agua potable y su enferma dignidad.

Es decir que ellos no van a cometer el mismo error aunque esto no ocurrió aquí, ocurrió en otro país cercano y es lo mismo porque la memoria individual de ellos es muy frágil pero la memoria de la raza es envidiable y suele aflorar para sacarlos de apuros. Sin embargo no creemos que el remanido sentimiento religioso los salve ahora de la que se nos viene; a ellos no, pero quizá sí a nosotros, nosotros los citadinos que sabemos husmear el aire en procura de algún efluvio de incienso de copal que llega de tierra adentro. Ellos pasan grandes penurias para importar el incienso de copal y según parece somos nosotros quienes recibiremos los beneficios. Al menos —cuando los gases de escape nos lo permiten— cazamos a pleno pulmón bocanadas de incienso que sabemos inútil, por si acaso. Todo es así, ahora: no tenemos nada que temer pero tememos; éste es el mejor de los mundos posibles como suelen decirnos por la radio y cómo serán los otros; el país camina hacia el futuro y personeros embozados de ideologías aberrantes nada podrán hacer para detener su marcha, dice el Gobierno, y nosotros para sobrevivir hacemos como si creyéramos. Dejando de lado a los que trabajan en la clandestinidad —y son pocos— nuestro único atisbo de rebeldía es este husmear subrepticiamente el aire en procura de algo que nos llega desde el interior del país y que denuncia nuestra falta de fe. Creo —no puedo estar seguro, de eso se habla en voz muy baja— que en ciertas zonas periféricas de la ciudad se van armando grupos de peregrinación al interior para tratar de comprender —y de justificar— esta nueva tendencia mística. Nunca fuimos un pueblo demasiado creyente y ahora nos surge la necesidad de armar altares, algo debe de haber detrás de todo esto. Hoy en el café con los amigos (porque no vayan a creer que las cosas están tan mal, todavía puede reunirse uno en el café con los amigos) tocamos con suma prudencia el tema (siempre hay que estar muy atento a las muchas orejas erizadas): ¿qué estará pasando en el interior?; ¿será el exceso de miedo que los devuelve a una búsqueda primitiva de esperanza o será que están planeando algo? Jorge sospecha que el copal debe de tener poderes alucinógenos y por eso se privan de tantas cosas para conseguirlo. Parece que el copal no puede ser transportado por ningún medio mecánico y es así como debe venir de América Central a lomo de mula o a lomo de hombre; ya se han organizado postas para su traslado y podríamos sospechar que dentro de las bolsas de corteza de copal llegan armas o por lo menos drogas o algunas instrucciones si no fuera porque nuestras aduanas son tan severas y tan lúcidas. Las aduanas internas, eso sí, no permiten el acceso del copal a las ciudades. Tampoco lo queremos; aunque ciertos intelectuales disconformes hayan declarado a nuestra ciudad área de catástrofe psicológica. Pero tenemos problemas mucho más candentes y no podemos perder el tiempo en oraciones o en disquisiciones de las llamadas metafísicas. Jorge dice que no se trata de eso sino de algo más profundo. Jorge dice, Jorge dice... ahora en los cafés no se hace más que decir porque en muchos ya se prohíbe escribir aunque se consuma bastante. Alegan que así las mesas se desocupan más rápido, pero sospecho que estos dueños de cafés donde se reprime la palabra escrita son en realidad agentes de provocación. La idea nació, creo, en el de la esquina de Paraguay y Pueyrredón, y corrió como reguero de pólvora por toda la ciudad. Ahora tampoco dejan escribir en los cafés aledaños al Palacio de la Moneda ni en algunos de la Avenida do Rio Branco. En Pocitos sí, todos los cafés son de escritura permitida y los intelectuales se reúnen allí a las seis de la tarde. Con tal de que no sea una encerrona, como dice Jorge, provocada por los extremistas, claro, porque el Gobierno está por encima de estas maquinaciones, por encima de todos, volando en helicópteros y velando por la paz de la Nación.

Nada hay que temer. La escalada de violencia sólo alcanza a los que la buscan, no a nosotros humildes ciudadanos que no nos permitimos ni una mueca de disgusto ni la menor señal de descontento (desconcierto sí, no es para menos cuando nos vuelan el techo de la casa y a veces la tapa de los sesos, cuando nos palpan de armas por la calle o cuando el olor a copal se hace demasiado intenso y nos da ganas de correr a ver de qué se trata. De correr y correr; disparar no siempre es cobardía).

Acabamos por acostumbrarnos al incienso que más de una vez compite con el olor a pólvora, y ahora nos llega lo otro: una distante nota de flauta que perfora los ruidos ciudadanos. Al principio pensamos en la onda ultrasónica para dispersar manifestaciones, pero no. La nota de flauta es sostenida y los distraídos pueden pensar que se trata de un lamento; es en realidad un cántico que persiste y a veces se interrumpe y retoma para obligarnos a levantar la cabeza como en las viejas épocas cuando el rugido de los helicópteros nos llamaba la atención. Ya hemos perdido nuestra capacidad de asombro pero el sonido de la flauta nos conmueve más que ciertas manifestaciones relámpago los sábados por la noche a la salida de los cines cuando despiertan viejos motivos de queja adormecidos. No estamos para esos trotes, tampoco estamos como para salir corriendo cuando llegan los patrulleros desde los cuatro puntos de la ciudad y convergen encima de nosotros. Sirenas como el viento, flautas como notas ultrasónicas para dispersar motines. Parecería que los del interior han decidido retrucar ciertas iniciativas del poder central. Al menos así se dice en la calle pero no se especifica quiénes son los del interior: gente del montón, provincianos cualesquiera, agentes a sueldo de potencias extranjeras, grupos de guerrilla armada, anarquistas, sabios. Después del olor a incienso que llegue este sonido de flauta ya es demasiado. Podríamos hablar de penetración sensorial e ideológica si en algún remoto rincón de nuestro ser nacional no sintiéramos que es para nuestro bien, que alguna forma de redención nos ha de llegar de ellos. Y esta vaguísima esperanza nos devuelve el lujo de tener miedo. Bueno, no miedo comentado en voz alta como en otros tiempos. Este de ahora es un miedo a puertas cerradas, silencioso, estéril, de vibración muy baja que se traduce en iras callejeras o en arranques de violencia conyugal. Tenemos nuestras pesadillas y son siempre de torturas aunque los tiempos no estén para estas sutilezas. Antes sí podían demorarse en aplicar los más refinados métodos para obtener confesiones, ahora las confesiones ya han sido relegadas al olvido: todos son culpables y a otra cosa. Con sueños anacrónicos seguimos aferrados a las torturas pero los del interior del país no sufren ni tienen pesadillas: se dice que han logrado eliminar esas horas de entrega absoluta cuando el hombre dormido está a total merced de su adversario. Ellos caen en meditación profunda durante breves períodos de tiempo y mantienen las pesadillas a distancia;

y las pesadillas, que no son sonsas, se limitan al ejido urbano donde encuentran un terreno más propicio. Pero no, no se debe hablar de esto ni siquiera hablar del miedo. Tan poco se sabe —se sabe la ventaja del silencio— y hay tanto que se ignora. ¿Qué hacen, por ejemplo, los del interior frente a sus altares? No creemos que eleven preces al dios tantas veces invocado por el Gobierno ni que hayan descubierto nuevos dioses o sacado a relucir dioses arcaicos. Debe tratarse de algo menos obvio. Bah. Esas cosas no tienen por qué preocuparnos a nosotros, hombres de cuatro paredes (muchas veces sin techo o con techo transparente), hombres adictos al asfalto. Si ellos quieren quemarse con incienso, que se quemen; si ellos quieren perder el aliento soplando en la quena, que lo pierdan. Nada de todo esto nos interesa: nada de todo esto podrá salvarnos. Quizá tan sólo el miedo, un poco de miedo que nos haga ver claro a nosotros los habitantes de la ciudad pero qué, si no nos lo permitimos porque con un soplo de miedo llegan tantas otras cosas: el cuestionamiento, el horror, la duda, el disconformismo, el disgusto. Que ellos allá lejos en el campo o en la montaña se desvivan con las prácticas inútiles. Nosotros podemos tomar un barco e irnos, ellos están anclados y por eso entonan salmos.

Nuestra vida es tranquila. De vez en cuando desaparece un amigo, sí, o matan a los vecinos o un compañero de colegio de nuestros hijos o hasta nuestros propios hijos caen en una ratonera, pero la cosa no es tan apocalíptica como parece, es más bien rítmica y orgánica. La escalada de violencia: un muerto cada 24 horas, cada 21, cada 18, cada 15, cada 12 no debe inquietar a nadie. Más mueren en otras partes del mundo, como bien señaló aquel diputado minutos antes de que le descerrajaran el balazo. Más, quizá, pero en ninguna parte tan cercanos.

Cuando la radio habla de la paz reinante (la televisión ha sido suprimida, nadie quiere dar la cara) sabemos que se trata de una expresión de deseo o de un pedido de

120

auxilio, porque los mismos locutores no ignoran que en cada rincón los espera una bomba y llegan embozados a las emisoras para que nadie pueda reconocerlos después cuando andan sueltos por las calles como respetables ciudadanos. No se sabe quiénes atentan contra los locutores, al fin y al cabo ellos sólo leen lo que otros escriben y la segunda incógnita es: ¿dónde lo escriben? Debe ser en los ministerios bajo vigilancia policial y también bajo custodia porque ya no está permitido escribir en ninguna otra parte. Es lógico, los escritores de ciencia ficción habían previsto hace años el actual estado de cosas y ahora se trata de evitar que las nuevas profecías proliferen (aunque ciertos miembros del Gobierno —los menos imaginativos— han propuesto dejarles libertad de acción a los escritores para apoderarse luego de ciertas ideas interesantes, del tipo nuevos métodos de coacción que siempre pueden deducirse de cualquier literatura). Yo no me presto a tales manejos, y por eso he desarrollado y puesto en práctica un ingenioso sistema para escribir a oscuras. Después guardo los manuscritos en un lugar que sólo yo me sé y veremos qué pasa. Mientras tanto el Gobierno nos bombardea con consignas optimistas que no repito por demasiado archisabidas y ésta es nuestra única fuente de cultura. A pesar de lo cual sigo escribiendo y trato de ser respetuosa y de no.

La noche anterior escuché un ruido extraño y de inmediato escondí el manuscrito. No me acuerdo qué iba a anotar: sospecho que ya no tiene importancia. Me alegro eso sí de mis rápidos reflejos porque de golpe se encendieron las luces accionadas por la llave maestra y entró una patrulla a registrar la casa. La pobre Betsy tiene ahora para una semana de trabajo si quiere volver a poner todo en orden, sin contar lo que rompieron y lo que se deben de haber llevado. Gaspar no logra consolarla pero al menos no ocurrió nada más grave que el allanamiento en sí.

Insistieron en averiguar por qué me tenían de pensionista, pero ellos dieron las explicaciones adecuadas y por suerte, por milagro casi, no encontraron mi tablita con pintura fosforescente y demás parafernalia para escribir en la oscuridad. No sé qué habría sido de mí, de Betsy y de Gaspar si la hubieran encontrado, pero mi escondite es ingeniosísimo y ahora pienso si no sería preferible ocultar allí algo más útil. Bueno, ya es tarde para cambiar; debo seguir avanzando por este camino de tinta, y creo que hasta sería necesario contar la historia del portero. Yo estuve en la reunión de consorcio y vi cómo se relamían interiormente las mujeres solas cuando se habló del nuevo encargado: 34 años, soltero. Yo lo vi los días siguientes esmerándose por demás con los bronces de la entrada y también leyendo algún libro en sus horas de guardia. Pero no estuve presente cuando se lo llevó la policía. Se murmura que era un infiltrado del interior. Ahora sé que debí haber hablado un poco más con él, quizá ahora deshilachando sus palabras podría por fin entender algo, entrever un trozo de la trama. ¿Qué hacen en el interior, qué buscan? Ahora apenas puedo tratar de descubrir cuál de las mujeres solas del edificio fue la que hizo la denuncia. Despechadas parecen todas y no es para menos, ¿pero son todas capaces de correr al teléfono y condenar a alguien por despecho? Puede que sí, tantas veces la radio invita gentilmente a la delación que quizá hasta se sintieron buenas ciudadanas. Ahora no sólo me da asco saludarlas, puedo también anotarlo con cierta impunidad, sé que mi escondite es seguro. Por eso me voy a dar el lujo de escribir unos cuentitos. Ya tengo las ideas y hasta los títulos: *Los mejor calzados, Aquí pasan cosas raras, Amor por los animales, El don de la palabra*. Total, son sólo para mí y, si alguna vez tenemos la suerte de salir de ésta, quizá hasta puedan servir de testimonio. O no, pero a mí me consuelan y con mi sistema no temo estar haciéndoles el juego ni dándoles ideas. Hasta puedo dejar de lado el subterfugio de hablar de mí en plural o en masculino. Puedo ser yo. Sólo quisiera que se sepa que no por ser un poco cándida y proclive al engaño todo lo que he anotado es falso. Ciertos son el sonido de la flauta, el olor a incienso, las sirenas. Cierto que algo está pasando en el interior del país y quisiera unirme a ello. Cierto que tenemos —tengo— miedo. Escribo a escondidas, y con alivio acabo de enterarme que los del interior también están escribiendo. Aprovechan la claridad de las llamas votivas para escribir sin descanso lo que suponemos es el libro de la raza. Esto es para nosotros una forma de ilusión y también una condena: cuando la raza se escribe a sí misma, la raza se acaba y no hay nada que hacerle.

Hay quienes menosprecian esta información: dicen que los de la ciudad no tenemos relación alguna con la raza ésa, qué relación podemos tener nosotros, todos hijos de inmigrantes. Por mi parte no veo de dónde el desplazamiento geográfico puede ser motivo de orgullo cuando el aire que respiramos, el cielo y el paisaje cuando queda una gota de cielo o de paisaje, están impregnados de ellos, los que vivieron aquí desde siempre y nutrieron la tierra con sus cuerpos por escasos que fueran. Y ahora se dice que están escribiendo el libro y existe la esperanza de que esta tarea lleve largos años. Su memoria es inmemorial y van a tener que remontarse tan profundamente en el tiempo para llegar hasta la base del mito y quitarle las telarañas y desmitificarlo (para devolverle a esa verdad su esencia, quitarle su disfraz) que nos quedará aún tiempo para seguir viviendo, es decir para crearles nuevos mitos. Porque en la ciudad están los pragmáticos, allá lejos los idealistas y el encuentro, ¿dónde?

Mientras tanto las persecuciones se vuelven cada vez más insidiosas. No se puede estar en la calle sin ver a los uniformados cometiendo todo tipo de infracciones por el solo placer de reírse de quienes deben acatar las leyes. Y pobre del que se ofenda o se retobe o simplemente critique: se trata de una trampa y por eso hay muchos que en la desesperación prefieren enrolarse en las filas con la excusa de buscar la tranquilidad espiritual, pero poco a poco van entrando en el juego porque grande es la tentación de embromar a los otros.

Yo, cada vez más calladita, sigo anotando todo esto aun a grandes rasgos (¡grandes riesgos!) porque es la única forma de libertad que nos queda. Los otros todavía hacen ingentes esfuerzos por creer mientras la radio (que se ha vuelto obligatoria) trasmite una información opuesta a los acontecimientos que son del dominio público. Este hábil sistema de mensajes contradictorios ha sido montado para enloquecer a la población a corto plazo y por eso, en resguardo de mi salud mental, escribo y escribo siempre a oscuras y sin poder releer lo que he escrito. Al menos me siento apoyada por los del interior. Yo no estoy como ellos entregada a la confección del libro pero algo es algo. El mío es un aporte muy modesto y además espero que nunca llegue a manos de lector alguno: significaría que he sido descubierta. A veces vuelvo a casa tan impresionada por los golpeados, mutilados, ensangrentados y tullidos que deambulan ciegos por las calles que ni escribir puedo y eso no importa. Si dejo de escribir, no pasa nada. En cambio si detuvieran a los del interior sería el gran cataclismo (se detendría la historia). Deben de haber empezado a narrar desde las épocas más remotas y hay que tener paciencia. Escribiendo sin descanso puede que algún día alcancen el presente y lo superen, en todos los sentidos del verbo superar: que lo dejen atrás, lo modifiquen y hasta con un poco de suerte lo mejoren. Es cuestión de lenguaje.

Buenos Aires. 1975

Indice